Het zoontje van de dominee

Katherine Paterson

Het zoontje van de dominee

!D *Plateau*

ISBN 978 90 5804 043 5
NUR 300

Vertaling: Heleen Wubs
Omslagontwerp: Wil Immink

www.uitgeverijplateau.nl

Voor Carter Lord Paterson en Griffin Loomis Paterson,
die geen domineeszoontjes zijn,
en voor hun vaders, die dat wel waren.

Dankbetuiging

Voor dit boek ben ik bijzondere dank verschuldigd aan Robert Luther Duffus, die zijn herinneringen aan zijn jongensjaren in Vermont beschreven heeft in *Williamstown Branch: Impersonal Memories of a Vermont Boyhood* (W.W. Norton & Company, Inc., 1958) en *The Waterbury Record: More Vermont Memories* (W.W. Norton & Company, Inc., 1959). Robbie Hewitt heeft zijn naam aan hem te danken.

Mijn dank gaat uit naar de Aldrich Library in Barre, Vermont, en naar de twee mensen die me altijd door dik en dun steunen, John Paterson en Virginia Buckley.

1 Hoe de narigheid begon

*O*p *Decoration Day*, toen het hele stadje op de begraafplaats was om bloemen te leggen bij de graven van onze roemrijke oorlogshelden, pakten Willie Beaner en ik, Robert Burns Hewitt, een onderbroek van Mabel Cramm en hingen hem aan de vlaggenmast voor het stadhuis. Dat was het begin van alle ellende.

Het probleem was niet dat we betrapt werden. Achteraf heb ik vaak gedacht: was dat maar gebeurd. Als we betrapt waren, had pa, die predikant is, ons beslist gedwongen onze excuses aan Mabel aan te bieden. Daarna zou hij me hebben meegenomen naar huis en me een flink pak rammel hebben gegeven – zo flink als hij kon althans. Hij heeft moeite met lijfstraffen – een zwakheid die ouderling Slaughter diep betreurt. De mensen in het stadje zouden ons een paar dagen lang steelse blikken hebben toegeworpen, maar na een aantal weken – pakweg halverwege juni – zou de hele kwestie vergeten zijn.

Maar nu speculeerden de jongens – nou ja, ze gedragen zich als jongens ook al zijn ze even groot als mannen – die altijd bij de stalhouderij rondhangen er halverwege juni nog steeds over wie het lef had om zoiets te doen. 'Op klaarlichte dag nota bene!' en ze sloegen zich op de knieën en snoven als paarden.

Volgens mij is het voor een deel aan Mabel zelf te wijten. Toen de mensen die ochtend terugkwamen van de begraafplaats zagen ze een vreemd voorwerp onder de nationale vlag wapperen. Het werd al snel duidelijk dat het voorwerp dat in het lentebriesje hing te klapperen damesondergoed was. Ouderling Slaughter en meneer Weston (beiden vooraanstaande burgers) gingen bij elkaar te rade en besloten dat het betreffende ondergoed omlaaggehaald moest worden en overhandigd aan de sheriff, zodat hij het op een fatsoenlijke manier kon wegwerken. Maar toen de onderbroek tot ooghoogte was gezakt, was Mabel Cramm zo dom om als een oude heks te gillen: 'Die is van mij!' Direct daarna viel ze flauw. Vanaf dat ogenblik had Chaos de touwtjes in handen en regeerde Roddel. En het waren niet alleen die nietsnutten bij de stal; de hele bliksemse stad was in alle staten. Moeders hielden hun dochters binnen, afgezien van Mabels moeder, die haar dochter dezelfde middag nog op de trein had gezet. Mabel ging naar haar grootmoeder in Waterbury tot ze haar evenwicht hervonden had of tot de boosdoener opgespoord en gestraft was, wat maar het eerste zou gebeuren.

Te midden van al die opschudding konden Willie en ik met geen mogelijkheid bekennen dat wij het gedaan hadden. Als we betrapt waren, wat eigenlijk had moeten gebeuren, zouden we een pak slaag gekregen hebben en zonder eten naar bed zijn gestuurd, en het hele voorval zou afgedaan zijn als een kwajongensstreek. En dat was het ook. Ik zweer het. We wilden gewoon niet achterblijven bij Tom en Ned Weston.

Twee weken eerder hadden de jongens van Weston een groene slang in de lunchtrommel van de juf gedaan. Wat een ophef had die slang veroorzaakt! Meisjes die gilden en hun handen voor hun ogen sloegen en opsprongen uit hun bank. Juf Bigelow gilde niet, maar je kon zien dat ze dat eigenlijk wel wilde en zichzelf nauwelijks onder controle had. In haar ogen streden gillen en rustig blijven vanwege die hysterische meisjes, om de voorrang.

Het grappige was dat alleen de oudere stadsmeisjes zo hysterisch deden. De boerenmeisjes en de kleine meisjes gilden helemaal niet. Eerlijk gezegd waren zij net zo geïnteresseerd in het beest als de jongens. Het waren alleen de jongedames die nijdig werden en bijna een appelflauwte kregen. Ik zal nooit iets van vrouwen begrijpen. Nee, niet de hele zwik van damesachtige vrouwen stelt zich zo aan. Mijn moeder gaat aan kop in de club van damesachtige vrouwen, maar ze heeft nog nooit drukte gemaakt over een slang of een muis. Er zitten een hele hoop muizen in die gammele pastorie van ons. Ma grijpt gewoon een bezem en jaagt ze terug in hun holletjes.

Maar ik dwaal af. Tom en Ned werden niet betrapt. Alleen Willie en ik hadden alles gezien, maar we zijn geen klikspanen. En dat weten Tom en Ned heel goed. Ze deden nog meer uit de hoogte dan anders en dat konden Willie en ik niet over onze kant laten gaan. Dus bedachten we dat we het nog bonter moesten maken dan zij, zonder dat iemand erachter kwam. En we zouden het slimmer aanpakken. We zouden zelfs Tom en Ned niet laten zien wat we deden. Dan zouden ze niet zéker weten dat wij het gedaan hadden. En ze zouden zich in allerlei bochten wringen om erachter te komen.

Kijk, als ze het wel wisten, moesten ze iets verzinnen wat erger was. En dan zouden Willie en ik verplicht zijn iets nog ergers te bedenken, enzovoort, enzovoort, tot we alle vier dood waren of te oud voor zulke dingen.

'Het lastige is,' legde ik Willie uit, 'dat we er niet over mogen opscheppen. We mogen geen spier vertrekken, begrepen?'

'Nee,' zei hij. 'Hoe vertrek je een spier?'

'Dat is een uitdrukking,' zei ik, nuffig als een schooljuffrouw.

'Maar waarom zou ik eigenlijk willen opscheppen?'

'Normaal zou je dat ook niet doen. Maar het punt is – zo zitten mensen nu eenmaal in elkaar – we willen de jongens van Weston straks heel graag een hint geven dat wíj dit klaargespeeld hebben.'

De misdaad op zich was eenvoudig. Op maandag 29 mei, de dag voor *Decoration Day*, verstopten we ons in het hoge gras en keken naar het dienstmeisje van de familie Cramm dat de was ophing achter het huis. Ze zorgde ervoor, zoals alle vrouwen, dat ze de onderbroeken en ander ondergoed tussen het andere wasgoed in hing. Maar wij letten goed op en toen we zagen dat de roze onderbroeken in maatje Mabel opgehangen werden, keken we aandachtig toe.

'Schrijf het op, soldaat Beaner,' zei ik. 'Tussen de bruine rok en de roze blouse.'

'Soldaat? Wie is er hier soldaat?'

'Ach, Willie, iemand moet soldaat zijn, anders is het geen verkenningsmissie.'

'En wat ben jij, Robbie?'

Ik wilde het liefst kapitein of majoor zijn, maar aan de uitdrukking op Willies gezicht zag ik dat dat niet erg in de smaak zou vallen. 'Sergeant,' zei ik. 'De sergeant moet de soldaat dingen laten opschrijven.'

'Ik heb niks om mee te schrijven,' zei hij knorrig.

'Doe alsóf, Willie. Schrijf het op in je hoofd.'

Hij wierp me een meewarige blik toe, de blik die ik altijd krijg als ik oorlogje wil spelen. Kan ik er iets aan doen? In de Burgeroorlog, toen ze een eind wilden maken aan de ellende van de slavernij, was ik nog niet geboren en toen ze troepen stuurden om de *Maine* te wreken en de Cubanen te bevrijden van de Spaanse overheersing, was ik nog maar negen. Ik maak het vast niet meer mee dat er een oorlog komt waarin ik echt kan vechten.

'Ik kan niks in mijn hoofd opschrijven. Mijn hele voorhoofd is in steen veranderd omdat ik geen spier mag vertrekken.'

Ik gaf het op. We bleven doodstil zitten wachten totdat het dienstmeisje de deur uitging met haar mand, op weg naar de vleesmarkt en het warenhuis. We hadden ons er al van vergewist dat het hele gezin weg was. Daarom hadden we de familie Cramm uitgekozen. We hadden niets tegen Mabel – niet meer dan tegen de meeste meisjes tenminste. We slopen de heuvel af, drukten die ene onderbroek achterover en hingen de was een beetje anders op om de lege plek te verdoezelen. De onderbroek was nog vochtig, maar ik hield hem vast, de hele weg omhoog naar onze geheime plek diep in het bos – iets wat ik behoorlijk dapper vond, maar waarvoor ik van Willie niet de erkenning kreeg die ik verdiende.

De geheime plek van Willie en mij was een houten huisje waar vroeger iemand gewoond had. De laatste eigenaar was een jaar of vijftig geleden vertrokken, waarschijnlijk naar het Westen. In die tijd gingen een heleboel mensen weg uit Vermont; ze pakten hun spullen en verlieten hun boerderij in de heuvels, op zoek naar een comfortabeler leven op de vlakte. Waar eerst weilanden en akkers waren, zijn nu bossen. Het is een beetje spookachtig, dat bouwvallige huisje. Maar toen Willie en ik het ontdekten, wisten we dat het de ideale plek voor ons was. Daar kunnen we ons verstoppen voor de jongens van Weston en alle anderen die ons het leven zuur maken. Soms lezen we er stuiversromannetjes die ma niet in de pastorie wil hebben. Soms praten we wat. Soms gaan we er alleen maar naartoe om te ontsnappen aan gedoe van thuis.

Er is voor Willie en mij een heleboel waaraan we willen ontsnappen. Willies ouwelui stierven toen hij een baby was, dus hij woont nu bij zijn tante Millie. Ze is niet echt kwaadaardig en ze heeft te veel last van jicht om hem achterna te zitten, maar ze zet hem graag aan het werk in en om het huis. Willie moet zelfs afwassen. Ze wordt zo knorrig als een oud varken als ze denkt dat hij zich er met een jantje-van-leiden afmaakt.

Ik hoef nooit vrouwenwerk te doen. Ik heb ma en Beth, die vijftien is en flink haar best doet om zich volwassen te gedragen. Dan heb je Letty, die nog maar vijf is, maar het heerlijk vindt om het idee te hebben dat ze een handje helpt. En... Elliot. Het is moeilijk om iets over Elliot te vertellen. Als je hem zou kunnen zien... Maar dat kan niet. Hij is bijna twee jaar ouder dan ik en wel dertig centimeter langer, maar, tja, Elliot is niet erg snugger. Beter kan ik het niet uitleggen.

Ik heb een keer heel erg ruzie gehad met de jongens van Weston omdat ze Elliot zaten te pesten. Het was op een zondag, direct na kerktijd. De volwassenen bleven zoals gewoonlijk een poosje nakletsen. Een troepje jongens was naar de paardenstallen gegaan om naar de paarden te kijken. De boerenpaarden zijn een soort vrienden van ons omdat we ze zondag aan zondag zien in de stallen, waar ze geduldig wachten tot hun eigenaar uit de kerk komt en ze mee naar huis neemt.

Willie en ik deden kunstjes op een schuurdeur toen we Ned Weston, die in de tuin van de kerk stond, hoorden zeggen: 'Hoi, Elliot. Hoe gaat-ie?' We wisten dat Ned alleen maar uit was op trammelant, maar Elliot vindt iedereen aardig. Hij had niet in de gaten dat hij in de maling genomen werd.

'Zing eens een liedje voor ons, Elliot,' zei Tom.

'Ja, grote vriend,' viel Ned hem bij. 'Zing eens een liedje voor ons!'

Willie en ik lieten ons van de schuurdeur glijden en gingen erop af. Als je vader predikant is, ken je een heleboel gezangen, zelfs als je traag van begrip bent. Elliot begon zijn lievelingslied te zingen – 'Welk een vriend is onze Jezus' – maar hij slikt de woorden altijd half in, dus dan klinkt het ongeveer zo: 'We e vien is onne Jezus.' Elliot zong vrolijk verder en de jongens van Weston deden mee. Ze schuifelden met hun voeten en liepen met hun rechterschouder lager dan hun linker en praatten Elliot na, dus de volgende regel klonk zo: 'Die in onne plaa wil saan.' Ze hielden hun buik vast om niet in lachen uit te barsten.

Elliot straalde. De meeste jongens willen niet met hem spelen en nu overlaadden Tom en Ned Weston, de zoons van de rijkste man van de stad, hem met aandacht, ze lachten en zongen zijn lievelingslied mee.

Ik liep naar hen toe en gaf Ned Weston een mep in zijn gezicht. 'Hé!' schreeuwde hij. Toen bemoeide zijn grote broer Tom zich ermee. Ze sprongen allebei boven op me en sloegen me tegen de grond. Willie zou me te hulp geschoten zijn als ik hem niet tegengehouden had. Het was mijn gevecht, niet het zijne. De jongens van Weston hadden me gemakkelijk bewusteloos kunnen slaan, met zijn tweeën tegen één, maar Elliot hield op met zingen en begon pa te roepen.

Pa rende de veranda van de kerk af en redde mijn leven. Ik was hem niet dankbaar. De Westons zouden zich nu nog verder boven ons verheven voelen, omdat ik gered moest worden door mijn 'ouweheer'. Pa kwam tussenbeide en hees me aan de achterkant van mijn blouse omhoog. Daar hing ik; mijn benen bungelden in de lucht. Ik zag zijn ogen vlammen van woede en heel even dacht ik dat hij me een pak rammel zou geven. In plaats daarvan zette hij me voorzichtig neer. 'O, Robbie,' zei hij, 'wanneer leer je nu eens om dingen op te lossen met je hoofd in plaats van met je vuisten?'

Op dat moment zag ik dat de Westons dubbel lagen en hun best deden om niet hardop te lachen waar de dominee bij stond. Pa had me niet erger kunnen vernederen, zelfs niet als hij mijn broek naar beneden getrokken had en me daar, in de tuin van de kerk, een pak voor mijn blote billen gegeven had. Ik begreep niet waarom hij me mijn eigen ruzies niet liet uitvechten. Een jongen moet leren voor zichzelf op te komen in deze wereld. Ik kon niet weglopen voor een gevecht. Dat zou mijn reputatie om zeep helpen.

Trouwens, veel van mijn ruzies gingen in die tijd om Elliot. Je zou verwachten dat pa er bewondering voor zou hebben dat ik bereid was een bloedneus op te lopen voor Elliot. Maar nee, hij vond dat ik me lafbek moest laten noemen door die Westons die niet beter wisten, en dat ik geen vinger naar hen mocht uitsteken. Allemaal omdat ik nu eenmaal zijn zoon was.

Pa heeft een hekel aan vechten. Dat komt doordat hij zich de Burgeroorlog nog kan herinneren; vagelijk althans. Zijn vader heeft in die oorlog gevochten. Pa zegt dat hij zich herinnert hoeveel verdriet de vrouwen hadden en dat iedereen tegelijkertijd lachte en huilde toen zijn pa thuiskwam. Hij zegt dat hij niet kon begrijpen – hij was nog maar vier – waarom zijn moeder moest lachen en huilen en dat allemaal vanwege een of andere vreemdeling. Hij kon er geen touw aan vastknopen.

Toen iedereen om het hardst riep dat president McKinley als een haas troepen moest sturen om die verwenste Spanjaarden uit Cuba te verjagen, begon pa te vertellen over alle pijn en verdriet die de Burgeroorlog had veroorzaakt. Hij zei op een zondag in de preek zelfs dat oorlog de hel was en dat het God veel verdriet deed als Hij zag dat zijn kinderen elkaar vermoordden en verminkten.

Ouderling Slaughter stond een beetje traag op uit zijn bank en liep vastberaden door het gangpad de deur uit. Willie, die mijn spion in de wijde wereld is, zei dat ouderling Slaughter tegen meneer Weston had gezegd dat dominee Hewitt een beetje meer over de hel moest leren, voordat hij die term ging rondstrooien. Voor één keer in mijn leven neigde ik ernaar het met ouderling Slaughter eens te zijn.

Begrijp me niet verkeerd – meestal vind ik mijn pa echt aardig. Ik zou hem niet willen ruilen voor die van iemand anders, zelfs niet voor die van de Westons, die half Leonardstown bezit en twee splinternieuwe fietsen voor zijn zoons heeft gekocht. Maar waarom moest ik in vredesnaam de zoon van een dominee zijn?

Het gaat niet alleen om pa. De inwoners van het stadje denken dat ze het recht hebben mij te vertellen hoe ik me moet gedragen. Mensen hebben gewoon onrealistische verwachtingen als je pa toevallig dominee is. Eén: er wordt van je verwacht dat je schoon bent – altijd, niet alleen zondags. En twee: er wordt van je verwacht dat je je goed gedraagt. Ik heb voor beide geen talent – en ik vind het niet nodig ook.

Ik was niet degene die predikant wilde worden. Dat was pa, en hij is schoon en gedraagt zich goed genoeg voor acht of tien mensen. Daar zouden ze meer dan tevreden mee moeten zijn en ze zouden geen onmogelijke eisen moeten stellen aan zijn kroost.

Natuurlijk is Beth schoon en keurig; dat zijn meisjes van haar leeftijd meestal. En daarom vind ik haar onuitstaanbaar en is ze voor de rest van de wereld een bron van vreugde en troost. Tot nu toe wordt er nog niet op Letty gelet. De mensen beschouwen haar nog als een klein kind. Arme Elliot. Volgens mij valt hij eigenlijk ook in die categorie. Dat betekent dat de samengeknepen lippen en het afkeurende gemompel en het 'Robbie, uitgerekend jij! En je vader is nog wel predikant!' altijd en eeuwig voor mij zijn.

Goed, terug naar het probleem van Mabel Cramms onderbroek. Er werd niemand gepakt. Bij de stalhouderij werd, zoals ik volgens mij al gezegd hebt, een heleboel gespeculeerd. Willie en ik deden niet mee met deze gesprekken, maar ik kan je verzekeren dat onze namen nooit voorbijkwamen in die kletspraat.

De vrouwen van Leonardstown lieten duidelijk merken dat ze ontzet waren. En wat de mannen er heimelijk ook van gedacht mogen hebben, de heersende mening was, in ieder geval onder de leden van onze congregationele kerk, dat het voorval eens temeer bewijs was van het sluipende morele verval dat Amerika vanuit de kern aanvrat, als een worm in een appel. Vroeger konden ze hun neus ophalen voor de andere vierenveertig staten, maar Amerika's

14

worm was de Green Mountains van Vermont binnengedrongen en ons mooie stadje ingekropen.

Naast het schokkende voorval van de wapperende onderbroek had je de rouwdouwers die bij de stalhouderij rondhingen. Ze hadden het niet alleen over paarden, dat was duidelijk. Als je alleen maar praat over de gang en de vacht en de grootte van de merries en de ruinen, hoef je niet zo veel te snuiven en je op je knieën te slaan. En dan waren er nog de Italiaanse steenhouwers. Kijk, de Italianen gaan naar de katholieke kerk in Tyler, als ze al naar de kerk gaan, en ik vind dat de gevestigde protestantse bevolking van New England daar niets mee te maken heeft. Maar toen het vrome volk zich zorgen begon te maken over de toegenomen verdorvenheid in het stadje, begon het ook kritiek te leveren op de Italiaanse inwoners. De Italiaanse mannen dronken gewoonlijk iets wat aanmerkelijk sterker was dan de plaatselijke cider – en geen van hen beweerde dat dat om medische redenen was. Iedereen wist dat een paar van de Italiaanse vrouwen hun eigen drank brouwden. Maar in een staat waar drank als een verboden product beschouwd werd, was het wellicht de hoogste tijd dat de sheriff niet langer een oogje dichtkneep.

En dichter bij huis had je de predikant van de congregationele kerk. Of je nu methodist, baptist, unitariër of helemaal niets was, de hoge witte torenspits aan Main Street werd beschouwd als een symbool van zuiverheid en vroomheid dat rechtstreeks uit de hemel kwam. Er werd bij de huidige bekleder van het ambt een zeker gebrek aan strengheid bespeurd. Volgens de heersende mening was hij een keurige man, maar te toegeeflijk wat zonde betrof.

En toen moest ik het zo nodig allemaal nog iets erger maken. Die zondag zat ik in de avonddienst naast Willie. Ma weet dat het een zware last voor me is om twee keer per zondag naar de kerk te moeten en op woensdagavond ook nog eens naar een bidstond, dus mag ik van haar soms naast Willie zitten, als ik beloof dat ik me zal gedragen. De bank van Willies tante is achter die van de familie Weston. Ik gedroeg me netjes, zoals ik beloofd had, maar het lot greep in.

De kerk was zo bedompt als een doodskist. Wat deed ik op zo'n avond in de kerk? Mijn gedachten dwaalden mijlenver af. Ik was een zwetende soldaat aan het front die wachtte tot Johnny Reb met wijd opengesperde ogen op de heuvel zou verschijnen. Mevrouw Westons rug vormde de heuvel en die is ongeveer zo breed als East Hill. Sjonge, wat was het warm. Ik pakte een waaier uit het rek voor me en begon een beetje koele lucht tegen mijn bezwete gezicht te wapperen. Op dat moment zag ik het. Midden onder de preek kroop er een grote zwarte spin over dat grote oppervlak van bruine zijde, op weg naar de hoog gesloten kraag van mevrouw Weston.

Ik stootte Willie met de waaier aan en we keken beiden gefascineerd toe hoe ver de spin zou komen voordat mevrouw Weston zou merken dat hij er was en we wachtten vol spanning af wat er zou gebeuren als hij de bovenkant van de kraag bereikte. Nou, wat er gebeurde, was dat hij tegen die stijve kraag opkroop en begon te wankelen. Bijna verloor hij zijn evenwicht en bedierf zo ons plezier. Maar ik leunde naar voren, alsof we gingen bidden, en schoof de rand van de waaier, zo subtiel als een arts in de Burgeroorlog die een kogel verwijdert, onder de achterste vier poten van de spin en kieperde hem over de kraag van mevrouw Westons jurk.

In het begin bewoog mevrouw Weston alleen een beetje heen en weer, maar het duurde niet lang of ze begon te wriemelen als een rups die met een stokje geprikt wordt. En je kon merken aan de manier waarop ze wiebelde en krabde dat het beest aan de voorkant aangekomen was en het terrein aan die kant van de wereld verkende. Ik probeerde mezelf te beheersen, maar voor ik het wist, zat ik te snuiven als de jongens bij de stalhouderij. Willie werd door mij aangestoken en dat maakte het alleen maar erger.

Opeens drong het tot me door dat de preek plaatsgemaakt had voor stilte. Ik voelde het voordat ik opkeek. Naast mij, in het gangpad, stond de lange gestalte van mijn vader. Hij zei geen woord. Hij keek alleen maar naar me. Nooit kwam er iemand sneller tot bezinning dan ik die avond. Pa zei nog steeds niets. Hij beende terug door het gangpad, liep het trapje naar de verhoging op en preekte verder waar hij gebleven was. Mijn gezicht was zo rood als de wand van een pas geverfde schuur. Alle ogen waren op pa gericht en mevrouw Weston greep de gelegenheid aan om de deur uit te vluchten.

Zelfs nu begrijp ik nog niet waarom, maar die avond holde ik naar huis – de pastorie staat vlak achter de kerk op een heuvel – rende de twee trappen op naar de kamer waar Elliot en ik sliepen en ging onder de dekens liggen. Waarschijnlijk hoopte ik dat pa het hele voorval zou vergeten als hij me niet meteen zag. Het was Elliot, niet pa, die me kwam zoeken.

'Oooo, Robbie, pa boos op jou.'

Ik stopte mijn hoofd onder het kussen. Ik had geen zin om met Elliot te praten.

'Jij ban, Robbie?'

'Nee, ik ben niet bang.'

'Waarom verstop jij?'

Ik duwde de dekens weg en sprong uit bed. 'Ik verstop me niet, sufferd! Ga weg en laat me alleen.' Hij bleef met open mond staan en zag er nog dommer uit dan anders. Daardoor schreeuwde ik nog harder. 'Wegwezen,' zei ik. 'Ik wil die domme kop van je niet langer zien!'

'Wat is hier aan de hand?' Pa stond in de deuropening. Onze slaapkamer is op zolder en pa is zo lang dat hij een beetje moet bukken als hij onze slaapkamer binnengaat, anders stoot hij zijn hoofd tegen de deurpost.

Ik hield snel op met schreeuwen. Hij keek me behoorlijk fel aan, maar ik wilde niet dat hij merkte hoe erg ik me schaamde, dus dwong ik mezelf hem in de ogen te kijken.

Hij wendde zich tot Elliot. 'Elliot,' zei hij zacht, 'ga maar naar beneden. Ik wil even met Robbie praten.'

Elliot lachte zijn lieve, dwaze glimlach. 'Goe, pa.' Soms werd ik bijna razend van die glimlach.

Pa wachtte tot Elliot de trap af geklost was. 'Tja, Robbie,' zei hij, 'ik weet niet waar ik moet beginnen.'

Ik snoof alleen maar. Ik was nog steeds woest, hoewel ik je niet had kunnen vertellen op wie ik zo kwaad was.

Hij wachtte even, maar toen hij merkte dat ik niet van plan was iets te zeggen, ging hij verder. 'Jouw gedrag in de kerk baart me minder zorgen dan je gedrag tegenover je broer.'

Ik haalde mijn schouders op. Ik wist heus wel dat ik niet zo tegen Elliot had moeten schreeuwen. Maar ik wilde niet dat hij dat zei. Ik denk dat hij in de gaten had dat dit niet het juiste moment was voor een preek over Elliot. 'Wat je gedrag in de kerk betreft –'

'Ik snap niet waarom ik altijd naar de kerk moet –'

'Omdat je deel uitmaakt van dit gezin.'

'Daar kan ik toch niks aan doen?'

'O, Robbie –' Ik zag dat hij meer wilde zeggen, maar hij was te geërgerd en te gekwetst om verder te praten. 'Als je weer bij zinnen bent, kun je mij in mijn studeerkamer vinden.'

Ik capituleerde niet. Pas de volgende morgen ging ik naar beneden.

2 Het einde der tijden dient zich aan

*D*e leden van de kerk spraken nooit over mijn gedrag van die avond. Als ze me zagen aankomen, schudden ze hun hoofd, maar dat deden ze al jaren. Het was pa's reputatie die nog meer schade opliep, niet de mijne. Een predikant die niet kon voorkomen dat zijn zoon godsdienstoefeningen verstoorde, had zelfs in zijn eigen gezin niet voldoende gezag, zeiden ze. Ze vonden allemaal dat het beter zou zijn als pa de morele standvastigheid bezat om mij iedere dag over de knie te leggen en zaterdags twee keer.

Maar ik was niet het enige probleem, zeiden ze. De preken hadden te lijden onder een gebrek aan hartstocht. Ze vroegen elkaar wanneer het woord 'hel' voor het laatst van de preekstoel had gedreund. Oorlog 'hel' noemen, telde blijkbaar niet. Ze ontdekten dat ze niet meer dan een vingerhoed vol over de vurige verdoemenis gehoord hadden, sinds dominee J.K. Pelham twaalf jaar geleden het stadje verruild had voor een grotere gemeente in het westen van Connecticut. Geen wonder dat het stadje op het punt stond te verdwijnen op de brede weg van verdorvenheid en goddeloosheid. Al die drinkgelagen en onfatsoenlijke ideeën en die je-weet-wels die aan de vlaggenmast van het gemeentehuis wapperden – er was niemand die de inwoners waarschuwde voor de toorn die ophanden was.

De mensen begonnen een beetje heimwee te krijgen naar die goede oude tijd. Dominee Pelhams preken, nou, die roerden de vrouwen tot tranen toe en deden volwassen mannen het zweet uitbreken. O, kwam die prachtige tijd maar terug. De kerkenraad besloot dominee Pelham te schrijven en hem uit te nodigen een preek te houden in Leonardstown, op wat ze 'Opwekkingszondag' noemden. Ze waren van mening dat een flinke dosis Pelham de stad wakker zou schudden, misschien zelfs op het goede pad zou leiden. Pa was, dat mag duidelijk zijn, niet erg blij met het idee. Ik hoorde hem tegen ma klagen dat hij de afgelopen twaalf jaar vooral bezig geweest was de schade te herstellen die dominee Pelhams preken aangericht hadden. Want het waren niet de goddeloze mensen die erdoor veranderd werden. Het waren zelfs niet de vromen en de fatsoenlijken, die volgens vaste patronen leefden en niet zomaar zouden veranderen, ondanks al hun tranen en zweet. Het waren de zachtmoedigen en de bangen – zij die zich moeizaam vastklampten aan de eeuwige genade.

Ik voelde me vreselijk. Ik wist maar al te goed dat het die toestand met Mabel Cramms onderbroek geweest was die de gemeenteleden het idee gegeven had dat de stad op weg was naar de verdoemenis. En Willie en ik hadden dat alleen maar gedaan om het de jongens van Weston betaald te zetten. Het was alsof je een zeepbel opblaast tot hij zo groot is als een heteluchtballon. Ook al was mijn geloof in God in die tijd een beetje wankel, ik bad toch dat Hij zou zien dat de hele toestand uit de hand gelopen was en er met een speld in zou prikken. Nou ja, of Hij er in ieder geval voor wilde zorgen dat dominee Pelham in Connecticut zou blijven.

Mijn gebed werd niet verhoord. Toen dominee Pelham de brief kreeg, schreef hij dezelfde dag nog terug. Hij schreef dat de Heer tegen hem gezegd had dat hij de zondaars in Connecticut moest verlaten en zich naar Leonardstown moest haasten. Want daar was de duivel kennelijk een feestje aan het bouwen sinds zijn vertrek, twaalf jaar geleden.

En dus besteeg dominee Pelham de laatste zondag in juni om elf uur 's ochtends de preekstoel. Hij stond op de plek waar mijn vader hoorde te staan en spuwde vuur en zwavel over de rechtvaardigen en de onrechtvaardigen.

Ik maakte me niet al te veel zorgen toen hij zich uitsprak tegen het drinken van sterkedrank en het gebruiken van tabak. Het enige wat ik ooit gedronken heb, is een beetje cider, en het enige wat ik regelmatig rook, zijn maïspluimen en af en toe droogbloemen. Ik vroeg me wel af wat meneer Weston van dat deel van de preek vond, want iedereen weet dat hij niet alleen tabak verkoopt, maar zelf ook rookt en pruimt. Wat de sterkedrank betreft, er waren in de gemeente mannen die regelmatig problemen hadden met hun spijsvertering, en alcoholhoudende drank was daarvoor de enige remedie gebleken. Tenminste, dat beweerden ze.

Ik begon een beetje onrustig te worden toen hij begon te preken over onzuivere gedachten en woorden. Hoe kun je een jongen aanrekenen wat hij denkt? Het is heus niet zo dat ik op zoek ga naar ideeën die onfatsoenlijk zijn. Soms komen er gewoon gedachten in mijn hoofd op, net als onkruid in de moestuin. En dat geldt ook voor mijn taalgebruik. Hoe kun je het een jongen kwalijk nemen dat er af en toe een vloek tussendoor glipt? Ik vloek niet waar vrouwen of kerkleden bij zijn – alleen als Willie of andere jongens in de buurt zijn. Als ik ruzie heb gehad met de jongens van Weston, heb ik echt wel een paar bloemrijke zinnen nodig om te kalmeren.

Dominee Pelham hield het niet bij het veroordelen van mensen om hun zondige gedrag of zelfs om hun verdorven gedachten en woorden. Hij ging verder en zei dat mensen die zich netjes gedragen misschien nog wel in groter gevaar verkeerden dan de moordenaars, dieven, echtbrekers, enzovoort, omdat er nog nooit iemand door de paarlen poorten gekomen was wegens goed gedrag. Nee, nee. We moesten onszelf niet misleiden. Goed gedrag maakte op God geen indruk als je niet precies het juiste gelóófde. Als de dag des oordeels kwam, zouden alle twijfelaars onder ons en alle ongelovigen en volgelingen van de valse leer op dezelfde manier eindigen als alle verdorven zondaars. We zouden allemaal door de kolenkoker naar de vurige oven glijden. Nee, dat waren niet precíes zijn woorden, maar dat is wel wat hij bedoelde.

Alsof dit nog niet genoeg was om iedereen de stuipen op het lijf te jagen, begon de predikant erop te zinspelen dat we niet alleen hard op weg waren naar het eind van de eeuw, maar dat we eigenlijk naar het einde der tijden snelden. O, ja, we zaten hier weldoorvoed en voldaan, maar we zouden onze lampen moeten klaarmaken, net als de wijze maagden in de Bijbel. Hoewel hij toegaf dat de Bijbel zelf zegt: 'Gij weet de dag niet, noch de ure,' en niet aanmatigend wilde zijn en geen bepaalde dag of een bepaald uur wilde noemen. Maar als 1899 overging in 1900 zouden we dwazen zijn als we onszelf niet hadden voorbereid op die afschrikwekkende dag.

'Er zijn mensen,' ging hij verder en ik zweer dat hij naar mij keek toen hij dat zei, 'er zijn mensen hier in ons midden die niet aan de tafel in het koninkrijk der hemelen zullen zitten. U weet of u het bent!' Hij keek me vernietigend aan. 'U weet of u het bent.' De tweede keer zei hij het op een echt verdrietige toon. 'Ik smeek u, broeder, bekeer u van uw slechte gedachten. Bekeer u en word gered, voordat de nacht komt waarin niemand berouw kan tonen! Toon berouw en beleef met mij die glorierijke dag in het eeuwige koninkrijk van de rechtvaardigen!'

Op dat moment, daar in die kerk in Leonardstown, besloot ik dat ik niet langer zou proberen christen te zijn. De hele toestand was een te grote last voor een jongen als ik – opvliegend en met een grote hekel aan betutteling. Laten we wel wezen, ik heb geen talent voor heiligheid. Bovendien stond ik beslist niet te springen om met zulke types als dominee Pelham aan de eettafel te zitten, laat staan een eeuwigheid aan de feesttafel in de hemel. Eeuwig is afschuwelijk lang als je opgescheept zit met mensen die elk woord dat je zegt op een goudschaaltje wegen en het meeste wat je doet afkeuren. Het leek mij behoorlijk belabberd gezelschap. En als dominee Pelham het soort gezelschap was dat God op prijs stelde, tja, dan hoopte ik maar dat ze het samen naar hun zin zouden hebben.

Maar ik zou de kudde verlaten en ofwel een heiden worden of een unitariër of een democraat, wat maar het leukste was. Want stel dat de predikant ingewijd was in Gods geheimen, dan was de afschrikwekkende dag (aangenomen dat die op 1 januari 1900 viel) al over zes maanden. Ik nam me voor een heleboel te beleven in die tijd en dominee Pelham had duidelijk gemaakt dat dat niet kon als je een gelovige congregationalist wilde zijn.

Dominee Pelham kwam uiteraard bij ons eten. De diakenen waren van mening dat het beledigend was om hun geliefde voormalig predikant onderdak te bieden in het Leonardstown Hotel, om nog maar niet te spreken van de kosten.

Goed, ik heb de maaltijd overleefd. (De dominee herhaalde zijn preek goeddeels terwijl hij me over de tafel aankeek alsof hij vermoedde dat ik een paar woorden gemist had.) Zo gauw ik van tafel mocht, ging ik op zoek naar Willie. Ik mag niet vissen op zondag, dus gingen we tegen de heuvel liggen, staarden naar de wolken, kauwden op klaverzuring die naar limonade smaakt. Ik keek een poosje naar de lucht en luisterde naar het lied van een heremietlijster. Toen de vogel zweeg, vertelde ik Willie op plechtige toon dat ik met ingang van vanochtend bekeerd was tot het ongeloof. En omdat het leven kort dreigde te worden, wilde ik, zoals ze zeggen, het ijzer smeden als het heet was.

'Maar Robbie,' zei Willie, 'als je niet in God gelooft, hoe kun je dan geloven dat Hij de wereld in januari laat ophouden?'

Ik probeerde een logisch antwoord te verzinnen. Willies enige gebrek is dat hij alles letterlijk neemt. Hij heeft veel goede eigenschappen, maar weinig fantasie. 'Willie,' begon ik, terwijl ik mijn stengel klaverzuring naar de andere kant van mijn mond bewoog, 'het zit zo. Niemand kent de dag of het uur, maar je zou wel dwaas zijn om geen voorzorgsmaatregelen te nemen. Als het einde ineens kwam en ik had niet genoten van mijn laatste dagen, dan zou ik toch boos op mezelf zijn? Nogal wiedes, Willie, ik zou natuurlijk woest zijn.'

'Je denkt diep, Robbie,' zei hij en zijn stem droop van ontzag.

'Dank je,' zei ik bescheiden. 'Dat vind ik ook.'

Ver weg in de vallei echode de fluit van de trein uit het zuiden. 'Weet je, Willie, als het allemaal naar de knoppen gaat, zal ik de treinen echt missen.'

'Heeft God dan geen treinen?'

'Denk eens na, Willie. Als er een hemel is, wat ik op dit moment betwijfel, dan krijgt iedereen vleugels. Misschien vind je treinen wel helemaal niets als je kunt vliegen. En een locomotief moet ook nog gestookt worden. Als de dominee gelijk heeft, is al het vuur ergens anders.'

'Sjonge,' zei hij, vrij opgewekt, 'dan zou je waarschijnlijk veel meer treinen zien, als je nagaat –'

'Laten we voor de zekerheid maar naar het station gaan,' zei ik een beetje gehaast, 'om te zien of de trein aankomt voordat we naar huis moeten om te eten.'

We waren precies op tijd. De locomotief siste en blies stoomwolken, terwijl hij vaart minderde. Alleen door het geratel van de metalen wielen op de zilveren rails beseften we dat het een wonderbaarlijke menselijke uitvinding was en geen vuurspuwende draak uit oude verhalen. We rekten ons uit om te zien wie de machinist was.

'Het is meneer Webb!' schreeuwde Willie. Ik kon hem haast niet horen boven het lawaai van de locomotief uit. We schreeuwden allebei zo hard we konden en zwaaiden als gekken. Meneer Webb zwaaide door het raampje naar ons en riep iets wat we niet konden verstaan. Meneer Webb is onze favoriete treinmachinist. Hij heeft het nooit te druk en is niet te trots om naar ons te zwaaien.

We bleven eerbiedig zwijgend wachten toen een paar passagiers aan boord klommen. Ik zuchtte. Ik had een paar keer met de trein gereisd, maar niet verder dan Tyler en dat was maar vijftien kilometer hiervandaan. Deze trein reed helemaal naar Montreal in Canada en daar kon je een trein nemen die je naar Chicago zou brengen en daarvandaan kon je rechtstreeks naar Californië.

'Ja,' zei ik, nadat de trein weggereden was en het weer stil was geworden, 'dat wil ik doen.'

'Wat?'

'Dat is één ding dat ik wil doen voordat… je weet wel. Ik wil met de trein zo ver naar het westen reizen dat hij in de Stille Oceaan valt als de remmen het begeven.'

Ik merkte dat Willie het idee van de trein die in de oceaan valt niet prettig vond, maar hij zei het niet. 'Zou je geen heimwee krijgen, zo ver van Vermont?'

'Neuh,' zei ik. 'Je kent me toch, Willie. Vind je mij zo'n ventje dat om z'n moeder gaat mekkeren?'

'Nee,' zei hij, 'vast niet.'

Later herinnerde ik me hoe hij dat zei en ik vroeg me af of hij op dat moment dacht aan de tijd dat zijn pa en ma gestorven waren. Hij was toen nog maar een klein kind. Hij had hen vast verschrikkelijk gemist.

Je zou kunnen denken dat een jongen die niet meer in God geloofde zijn eetlust zou verliezen, maar ik merkte dat dat niet gebeurde. Trouwens, 's zondagsavonds aten we bijna altijd pannenkoeken met ahornstroop. Ik bedacht dat een jongen die nog maar een paar maanden te leven had, flink moest eten om genoeg energie te hebben voor alle avonturen die hij in die maanden zou proppen. Eens even zien. Het was bijna eind juni. Dat kwam goed uit. Vier juli beloofde zevenklappers en een paar dagen lang zo veel opwinding als een jongen zich kon wensen. Daarna kon ik een plan gaan maken voor de rest van de zomer. Ik vroeg me af, gezien de aanstaande apocalyps, of de school in september weer zou beginnen. Ik zuchtte. Waarschijnlijk wel. Daar zouden de volwassenen wel voor zorgen – want stel je voor dat onze toekomst toch zou voortduren tot in de volgende eeuw.

Maar de zomer, of in ieder geval het grootste deel ervan, lag nog voor me.

Ondanks de pannenkoeken was het avondeten een stemmige maaltijd. Ik weet dat pa zegt dat ik onredelijk ben en te hard over mensen oordeel, en misschien kwam het doordat ik dominee Pelham de schuld wilde geven van dingen die in werkelijkheid mijn eigen schuld waren. Toch kan ik de herinnering aan dominee Pelham, die de lekkere dikke pannenkoeken verorberde en ondertussen zei dat we ons op hemelse zaken moesten richten, niet uitwissen. Hij wilde dat pa blij was dat er na de ochtenddienst een heleboel mensen waren geweest die oprecht berouw hadden getoond. En hij zei dat hij zich nog maar aan het opwarmen was en dat de engelen in de hemel na de avonddienst halleluja zouden zingen vanwege alle zondaren die hij binnen zou halen. Nou, goed dan. Hij zei het niet precies op die manier, maar daar kwam het wel op neer.

'Nog een pannenkoek, dominee Pelham?' vroeg ma zacht.

'Daar zeg ik geen nee tegen,' zei hij.

Ik zei na het eten tegen pa dat ik vreselijke buikpijn had (ik wilde hem geen verdriet doen en vertelde dus niet dat ik mijn geloof verloren was) en dat ik de avonddienst niet zou kunnen uitzitten. Hij bleef even staan luisteren. Dominee Pelham was in de studeerkamer en de deur was dicht, maar we konden hem heen en weer horen lopen terwijl hij zijn preek oefende. Pa keek me aandachtig aan, voelde aan mijn voorhoofd en fluisterde: 'Ik voel me ook niet zo lekker, jongen, maar dat betekent niet dat we thuis kunnen blijven.'

Toen dominee Pelham eenmaal op de preekstoel stond, had ik zijn preek kunnen houden. Trouwens, ik had toch besloten niet langer in God te geloven? Waarom zou ik dan nog moeten luisteren? Ik besteedde dat uur aan het verzinnen van wat ik wilde doen met de laatste dagen van mijn leven.

Treinen stonden hoog op mijn lijst, maar met Kerst in Californië zijn was ongeveer even waarschijnlijk als naar de maan reizen. Toen dacht ik aan iets wat ik nog nooit had gedaan, maar wat ik verschrikkelijk graag wilde doen in dit leven. Ik wilde één keer, één keertje maar, in een automobiel rijden. Ik stelde me zelfs heel even voor dat ik een automobiel bestúúrde, maar dat leek, net als een treinrit naar Californië, zelfs voor een dagdroom te onwaarschijnlijk. Rijden in een automobiel was genoeg. In gedachten zag ik mezelf al zitten met de wind door mijn haar, ik zag paarden die van de weg stoven terwijl ik langsreed, starende mensen met jaloezie en bewondering in hun ogen.

In die tijd had ik nog nooit een automobiel gezien. Ik had er alleen over gelezen in de krant; daarin had een tekening gestaan die een jongen deed watertanden. Ik kon op dat moment niet vermoeden dat automobielen in mijn toekomst een grote rol zouden spelen.

Dominee Pelham zou de volgende ochtend de trein naar het zuiden nemen. Ik zat te lezen in *Tom Sawyer*. Een dag eerder mocht ik het boek niet lezen, want Mark Twain wordt, net als de meesten van mijn favoriete schrijvers, niet beschouwd als geschikte lectuur voor een zondag. Ik heb hierover met ma proberen te praten. 'Wanneer heb je de troost van een goed boek meer nodig dan op zondag?' vroeg ik. Beth snoof. Háár boeken lijken wel allemaal geschikt om op zondag te lezen. Wat is er met haar gebeurd? Zij hield vroeger bijna evenveel van Mark Twain als ik. Maar goed, ik zat ingespannen te lezen in de keuken om de gemiste dag in te halen en ik besefte maar half dat ouderling Slaughter en meneer Weston binnengekomen waren en zich met pa en dominee Pelham in pa's studeerkamer schuilhielden. De deur was dicht.

Ongeveer een uur later riep ma me om afscheid te nemen van de predikant. Dat deed ik zo beleefd als ik kon, zodat niemand zou zien hoe blij ik was dat we van hem af waren.

De predikant bedankte ma heel vriendelijk voor haar hartelijke gastvrijheid en het goede eten en gaf ons allemaal een hand. Hij keek niet eens vreemd op toen Elliot lachte en hem bij de linkerhand pakte in plaats van de rechter.

Ten slotte wendde hij zich tot pa en zei een beetje verdrietig: 'Ik zal voor u bidden, broeder Hewitt.'

Pa schudde hem de hand en antwoordde: 'En ik zal voor u bidden, mijn vriend.'

Toen dirigeerden meneer Weston en ouderling Slaughter de predikant het huis uit, duwden hem het rijtuigje van meneer Weston in en daar gingen ze, op weg naar het station. Ik wist niet wat al dat bidden over en weer betekende tot ma me, later op de avond, naar de studeerkamer stuurde om pa te roepen voor het eten. Ik deed de deur open en zag dat hij zat te lezen.

Volgens mij viel mijn mond van schrik zo ver open dat mijn onderkaak op mijn knieën hing. Mijn vader zat hier, in de pastorie van de congregationele kerk, te lezen in *De afstamming van de mens* van Charles Darwin. Het was in Leonardstown algemeen bekend dat dit boek geïnspireerd was door de duivel in eigen persoon.

Pa liet me een poosje staren en zei toen zacht: 'Meneer Pelham is een goede man, Robbie, maar het lijkt wel of hij bang is voor nieuwe ideeën. Ik geloof niet dat God van ons vraagt dat we bang zijn voor ideeën.'

Maar het idee in dat boek was, zo had ouderling Slaughter op een woensdagavond tijdens een gebedsbijeenkomst gezegd, dat je over-over-over-over (enzovoort) grootvader een aap was. Ik kon niet geloven dat mijn pa, die aangesteld was als dienaar van het Woord en die vader was van beïnvloedbare kinderen, er zulke weerzinwekkende theorieën op nahield. En dat zei ik tegen hem.

'Ik geloof dat God ons geschapen heeft, Robbie, maar ik ben niet geleerd genoeg om te weten hoe Hij dat precies heeft gedaan. Ik vind dat meneer Darwins theorie het waard is om bestudeerd te worden.'

Ik begreep het niet. Pa was predikant. Het was zijn zaak niet om heidense boeken te lezen die de Bijbel in twijfel trokken. Bovendien, hoe kon hij zo roekeloos zijn om dat vreselijke boek te laten rondslingeren? Geen wonder dat dominee Pelham ontdaan was. En wat ouderling Slaughter en meneer Weston betreft, straks vertelden zij de gemeenteleden nog dat ze pa niet opnieuw moesten aanstellen als in mei het jaar om was. En wat zou er dan van ons terechtkomen? Pa kon geen ander werk doen dan preken. We zouden waarschijnlijk allemaal omkomen van de honger, als we niet in het armenhuis belandden. Ik was zo aangeslagen dat ik zijn kamer uitliep zonder tegen hem te zeggen dat hij moest komen om te eten; Beth ging hem even later alsnog halen.

De volgende dag al vond de eerste gedenkwaardige gebeurtenis plaats. Op dinsdag 27 juni 1899 om drie uur 's middags zag ik een automobiel. Pa had een rijtuigje gehuurd bij de paardenstallen en wilde naar Tyler rijden om een parochiaan te bezoeken. De man was een steenhouwer die stoflongen had. Hij lag op sterven in het sanatorium van Tyler. 'Zin om mee te gaan, Robbie?' vroeg hij.

Het feit dat ik de halve nacht wakker gelegen had omdat ik boos op hem was en me zorgen maakte over wat er van ons terecht zou komen, verdampte als dauw vroeg in de ochtend. Ik vergat zelfs dat ik Willie beloofd had samen te gaan vissen. Ik kon me niets beters voorstellen dan een ritje naar de stad – behalve misschien een ritje naar de stad alleen met pa. Zoals je waarschijnlijk al begrepen had, komt voor een predikant zijn gezin altijd op de laatste plaats. Eerst komen de hulpbehoevenden, dan de gemeenteleden en daarna het gezin. En binnen het gezin had ik altijd het gevoel dat ik aan het kortste eind trok.

Ik schaam me ervoor dat ik steeds over Elliot klaag, maar hij krijgt gewoon veel meer aandacht dan ik, misschien om zijn verwrongen lichaam en zwakzinnige geest te compenseren. Elk jaar wordt het verschil met andere jongens van zijn leeftijd groter. Die jongens zijn allemaal groot en stoer en hebben het over meisjes. Elliot speelt nog met Letty. Hij heeft geduld met haar en laat haar op zijn misvormde rug rijden en aan zijn haren trekken alsof het teugels zijn. Hij lacht als er niets is om te lachen. Het pleit niet voor me dat ik me jarenlang een beetje geschaamd heb dat hij de grote broer was en ik het kleine broertje. Maar het zat me nooit lekker – alle aandacht die pa hem gaf. En natuurlijk aanbidt hij pa. Hij draait als een trouwe hond om hem heen. Ik voelde me altijd een beetje opgelaten tegenover andere mensen, om een grote jongen zo onnozel te zien doen – maar mijn vader doet altijd net alsof er niets aan de hand is, alsof hij het leuk vindt zelfs.

Dus naast mijn broer en alle armen en behoeftigen van de stad en de mensen van de kerk die veel geruststellende praatjes en leiding nodig hebben van hun voorganger, is er nooit veel tijd over voor mij. Hadden ma en de meisjes dat gevoel ook? Ik wist het niet. Ik maakte me niet erg druk over hen. In die tijd dacht ik vooral aan mezelf.

Dus toen pa me uitnodigde om met hem mee te gaan naar de stad, greep ik die kans met beide handen aan. Bovendien had hij Nelly gehuurd, mijn lievelingspaard. Je zou verwachten dat een paard met de naam Nelly zo nuffig en koppig zou zijn als de weduwe van een ouderling, maar Nelly is zo ongeveer het kwiekste paard dat er bestaat. Als een ander paard haar inhaalt, weet je zeker dat ze in galop zal gaan en bijna de hele vijftien kilometer naar Tyler zal blijven galopperen. Ik hoopte dat er zoiets zou gebeuren, maar het werd een rustig tochtje. Hoewel ik het grootste deel van de rit de teugels mocht vasthouden, mocht ik haar van pa niet met opzet laten galopperen. De opwinding kwam toen we de rand van Tyler bereikt hadden.

Er was zo veel consternatie bij de stadsgrens dat pa bijna een andere weg nam naar het sanatorium. Gelukkig deed hij dat niet. Eerst herkende ik het ding helemaal niet. Het leek gewoon alsof de menigte krioelde om een rijtuig dat losgeraakt was. Toen begon het me te dagen. Dat ding dat op de hoofdweg van Tyler, Vermont, stond, was een koets zonder paarden. Ik sprong uit ons rijtuigje. 'Ik wacht hier wel!' riep ik tegen pa.

De wielen van de automobiel waren groot en hadden spaken, net als de wielen van een buggy. Er zaten een verhoogde zitplaats en een soort hendel in. Iemand zei dat je daarmee kon sturen. De motor was niet te zien. Ik denk dat die onder de zitplaats van de bestuurder zat. De bestuurder droeg een sjaal en een stofbril en een enorme overjas, hoewel het zo warm was dat de teer van de voetpaden zou kunnen smelten. Hij keek niet echt blij. Ik denk dat het niet gepast is om er al te nonchalant uit te zien als je een automobiel bezit. Af en toe, als een of andere schooier met zijn vieze vingers te dichtbij kwam, trok hij een wenkbrauw op en gromde iets als: 'Niet aan de lak komen. De Winton is net gepoetst,' wat precies de goede woorden leken voor zo'n voorname man.

Ik hoopte steeds dat hij de motor zou starten, zodat ik kon zien hoe dat ging. Ik wilde heel graag het gebrul horen en de automobiel over de weg zien razen en de paarden in paniek zien raken. Maar de man bleef daar midden tussen die nieuwsgierige en met ontzag vervulde menigte zitten. Nu en dan stelde iemand hem een vraag, bijvoorbeeld: 'Hoe snel gaat-ie nu echt?' of daagde hem uit: 'Wedden dat u mijn paard niet kunt bijhouden.' De bestuurder keek hooghartig – natuurlijk deed hij dat, als eigenaar van zo'n prachtding – en merkte achteloos op dat hij niet te porren was voor een race tegen een paard terwijl hij tegelijk liet doorschemeren dat het wreed zou zijn om het arme beest zo op te jagen. Nogal wiedes, het dier zou wel dood kunnen neervallen van pure uitputting.

Pa kwam veel te snel terug, ook al was hij volgens de klok op de toren van de unitariërskerk een uur weg geweest. Ik probeerde hem over te halen nog een poosje te blijven, in de hoop dat de man de motor zou starten en we de automobiel zouden zien rijden, maar hij begon te lachen. 'Het ziet er niet naar uit dat die kerel gaat rijden voordat z'n publiek naar huis gaat en dat kan wel duren tot het etenstijd is. Wij moeten het paard en de buggy voor die tijd bij Jake terugbezorgen.'

Vanaf die dag wist ik precies wat ik wilde. Mijn besluit stond vast. Op een dag, als de wereld niet verging voordat ik volwassen was en rijk, zou ik eigenaar worden van een automobiel. En als het nog maar zes maanden duurde voor de wereld naar de knoppen ging, wilde ik in ieder geval een ritje in een automobiel maken.

Maar er was één probleem. Niemand in Leonardstown had een automobiel. Hoe kon ik er een ritje in maken als ik niemand kende die er een had? Voor zover ik wist, en ik wist bijna alles wat er in ons stadje gebeurde, was er zelfs nog nooit een automobiel door Leonardstown gereden.

Ik overlegde de volgende ochtend met Willie, toen we alsnog gingen vissen. Hij vond het niet leuk dat ik naar de stad gegaan was zonder het hem te vertellen en dat ik ook nog een automobiel gezien had zonder dat hij erbij was. Ik probeerde hem op te vrolijken door te zeggen dat hij altijd een lift kon krijgen als ik er later een had.

'Als de wereld dit jaar vergaat, is de kans klein dat je er ooit een zult hebben,' mopperde hij.

'Je haalt me de woorden uit de mond, Willie. Ik denk dat we meer kans hebben om er de komende zes maanden een ritje in te maken.'

'Je hebt nog maar één automobiel gezien sinds je geboren bent. Hoe wil je 't voor elkaar krijgen om er binnen zes maanden nog een te zien en er ook nog eens in te rijden? Dat gaat niet lukken.'

'Precies wat ik ook al dacht, Willie. Maar we verzinnen er wel iets op. Ik wil dat gewoon beleven voor het einde komt.'

31

'Jammer dat je niet kunt bidden.'

'Hoe bedoel je?'

'Nou, als ik iets wil wat onmogelijk is, vraag ik het aan God, want God kan het onmogelijke doen. Maar jij kunt niet bidden.'

'Waarom niet? Mijn vader is dominee. Ik bid wel tien keer beter dan jij.'

'Jij gelooft niet meer in God, weet je nog?'

'Nou ja, ik kan voor de zekerheid bidden.'

'Ik denk niet dat dat werkt. Dat weet God.'

Ik negeerde Willie en bad die avond tot wie-het-ook-maar-aanging dat ik echt heel graag één keertje in een automobiel zou willen rijden, voordat de wereld tot stof en as zou vergaan.

3 Heerlijke Onafhankelijk- heidsdag

Ons hart gaat altijd sneller kloppen van 4 juli. Waarom ook niet? Het is het belangrijkste wat er in ons stadje gebeurt, als je de ijzel van een paar jaar geleden niet meetelt, toen de helft van de bomen omviel en wij op eerste kerstdag op Main Street konden schaatsen. Maar dat gebeurde één keer. Onafhankelijkheidsdag is elk jaar.

We vinden de optocht fantastisch. Voorop gaat de burgemeester en omdat we mijn hele leven al dezelfde burgemeester hebben, is dat altijd meneer Earl Weston. Meneer Weston is burgemeester, omdat niemand anders daar de tijd voor heeft. Ik bedoel niet dat alleen luie mensen in de politiek gaan, maar Earl Weston heeft een of andere geheimzinnige geldbron waardoor hij niet hoeft te boeren. Hij hoeft ook niet in de steengroeve te werken of in de schuren waar de steen wordt verwerkt; hij hoeft niet in de paardenstallen of de hoefsmederij te zwoegen of, net als mijn vader, te preken. Hij werkt niet eens in zijn eigen winkel. Ik heb begrepen dat hij degene was die vond dat een bestuur van gemeenteraadsleden niet bijzonder genoeg is voor een groeiend stadje aan de spoorlijn; we moesten een burgemeester hebben. Niemand begreep precies waarom, maar hij bood zich vrijwillig aan. Ik denk dat meneer Weston bedacht had dat er eigenlijk iemand voorop moest gaan bij de 4 juli-optocht en dat dat alleen de burgemeester van het stadje kon zijn. Mocht er iemand gemopperd hebben over zijn plan, dan heb ik daar nooit iets van vernomen.

Dus de burgemeester gaat voorop. Hij loopt uiteraard niet, maar rijdt. Meneer Earl Weston loopt over het algemeen geen lange stukken en omdat hij een rijtuigje heeft, kan hij er in de optocht evengoed in rijden. Achter hem komen de veteranen, de meesten van hen lopend. Kijk, de Burgeroorlog was in 1865 voorbij en het is nu 1899, dus alleen degenen die als jonge jongens meevochten, zijn nog een beetje kwiek en sommige veteranen zijn echt afgetakeld. Maar de meesten lopen achter meneer Westons buggy aan, behalve kolonel Weathersby. Die is boer en heeft zijn eigen paard en vindt dat een kolonel als het even kan op een paard moet rijden. En alle jongens zijn het met hem eens. Het paard van kolonel Weathersby is een prachtig Morganpaard. Het is zwart en glanzend en geeft de optocht echt stijl. De veteranen hebben de waardigheid van dat paard nodig, omdat ze over het algemeen maar wat voortsjokken. Rafe Morrison mist een arm en zijn lege mouw is dichtgenaaid, en Warren Smith loopt op krukken omdat hij een been mist, maar desondanks wil hij beslist de hele route lopen. Volgens mij maakt hij een lange neus naar meneer Earl Weston, maar ik heb dat niemand met zoveel woorden horen zeggen, dus houd ik het voor mezelf.

We hebben zevenentwintig veteranen in ons stadje, maar deze keer liepen er negentien of twintig mee in de optocht. De andere stadgenoten die in de Burgeroorlog gevochten hebben, liggen op de begraafplaats bij East Hill of in een of ander graf in een korenveld in het verre zuiden.

Dit jaar zijn er twee mannen teruggekeerd uit de oorlog in Cuba, maar die zijn allebei niet verder weg geweest dan Tennessee. Ze lopen ongeveer aan het eind van de optocht, om geen aandacht weg te kapen bij de echte veteranen van de *Grand Army of the Republic*.

De fanfare komt na de veteranen. We hebben een behoorlijk goede fanfare voor een stadje van deze grootte. Dat is te danken aan meneer Pearson, die vroeger muziekles gaf op de militaire academie in Northfield en na zijn pensioen op de oude boerderij van zijn familie, vlak buiten de stad, is gaan wonen. Hij hoorde onze fanfare een keer spelen en bood de volgende dag aan het roer over te nemen. Geloof me, hij heeft de fanfare vliegensvlug naar een hoger plan getild en nu is het de trots, en ook het onderwerp van jaloezie, van de hele regio. Op een dag wil ik een kornet hebben en dan ga ik bij de fanfare, maar eerst moet ik verzinnen hoe ik aan een kornet kom.

Terwijl ik naar de fanfare luisterde en wenste dat ik een kornet had, betrapte ik mezelf er weer op dat ik hoopte dat de wereld nog niet zou vergaan. Al mijn toekomstplannen zouden in duigen vallen.

De fanfare dus, zestien man sterk. Er is ook een grote trom bij en als Owen Higgins er net een klap op geeft terwijl hij langs je loopt, spring je als een kikker de lucht in. Maar afgelopen juli stond ik niet langs de kant. Willie en ik hadden een oude wagen versierd en liepen mee in de optocht. We wilden de kat van zijn tante Millie op de wagen zetten, maar telkens als we oefenden, sprong de kat er af en rende weg.

'Je zusje dan?' vroeg Willie. 'Ik durf te wedden dat zij netjes blijft zitten. Je ma kan haar rood-wit-blauwe kleren aantrekken.' Ik was geschokt. Letty was nog maar vijf. Ik mocht nog lang niet meedoen met de optocht toen ik vijf was. Op de een of andere manier leek het me niet gepast. Maar het probleem was dat Willie het al tegen Letty gezegd had voordat ik een besluit had genomen, en zij ging meteen naar ma en zo kwam het dat we opgezadeld waren met mijn kleine zusje.

Je kijkt er misschien van op, maar het valt nog niet mee om een kar met een meisje erop een hele optocht lang te trekken. Nee, ze sprong er niet af of zo. Ze zat zo trots als een pauw op de wagen. Maar Willie liet, nadat hij de kar een paar meter getrokken had, de eer aan mij, omdat Letty mijn zusje was. Ik merkte algauw waarom. Dat kleine rotding was zwaar. Ik liep te zwoegen als een paard. En er was iets niet pluis met de wielen. Hoe recht ik ook trok, de wagen rolde steeds naar links.

Voor ik het in de gaten had, was ik tegen Ned Westons splinternieuwe fiets aangereden. De jongens van Weston waren echte pietjes-precies als het om hun kostbare fietsen ging en Ned begon direct te roepen dat ik jaloers was en het met opzet gedaan had. Optocht of geen optocht, zo'n belediging moet je iemand betaald zetten. Willie greep mijn opgeheven vuist vast. 'Er kijken mensen!' mompelde hij, dus ik moest voorlopig afzien van een gevecht en opnieuw een zelfgenoegzame grijns van Ned incasseren.

Zelfs met dat ongelukkige voorval was het een juweel van een optocht. De vrouwenvereniging van de methodistenkerk (ze zijn niet zo deftig als de congregationele vrouwen) had een boerenwagen met linten eraan en de vrouwen waren allemaal versierd met bloemen. Ik weet niet meer wat er op het vaandel stond – 'De methodistenvrouwen zijn de bloemen van Vermont' of zoiets. De congregationele vrouwen stonden langs de kant beleefd te glimlachen, maar je kon zien dat ze een tikje op hun tenen getrapt waren.

De boerenbond had ook een wagen. Juli is te vroeg om te kunnen pronken met de opbrengst van het land, maar ze hadden een paar ongelukkige lammetjes en vaarzen aan boord om te blaten en klaaglijk te loeien en de glorie van onze boerentraditie te vertegenwoordigen. Rachel Martin en een paar andere meisjes zaten ook op die kar. Ze glimlachten dapper, hoewel je het idee kreeg dat ze liever hun neus wilden dichtknijpen, te midden van al dat vee.

Er was een wagen van steenhouwers, voor het merendeel Schotten en Frans-Canadezen. De Italiaanse steenhouwers stonden aan de kant toe te kijken en te lachen. Persoonlijk denk ik dat hun joligheid voor een deel te danken was aan hun zelfgemaakte wijn, die, zoals je weet, verboden is. Cider daarentegen, die hetzelfde effect heeft als hij een beetje ouder wordt, is een product uit Vermont en daarom helemaal legaal. Volgens pa sta ik veel te snel met mijn oordeel klaar en dat vindt hij, naast mijn opvliegendheid, een van mijn grootste zwakheden. Hij zegt dat drank drank is en dat de Italianen tenminste eerlijk zijn over hun drankgebruik. Pa neemt het altijd op voor de Italiaanse steenhouwers. Hij zegt dat ze geen gewone steenhouwers zijn, maar beeldhouwers in de traditie van Michelangelo en dat ze de enige echte kunstenaars zijn die we hier hebben.

Dit jaar reden de kinderen van Wilson op pony's mee in de optocht. Ze zijn jonger dan ik, maar hun rijke opa heeft hun allemaal een pony gegeven. Een andere zwakheid van me, dat mag je best weten, is de zonde van de afgunst. En om eerlijk te zijn, was ik jaloerser op die pony's dan op de nieuwe fietsen van Tom en Ned Weston. Maar omdat ik me met geen mogelijkheid kon voorstellen dat ik ooit een pony zou hebben, richtte al mijn hebberigheid zich die dag op de fietsen van de jongens van Weston, want een fiets krijgen leek minder onmogelijk dan een pony krijgen. Het leek me zinloos om een zonde te verspillen aan iets wat in deze wereld toch nooit zou gebeuren. Ik vergat steeds dat ik besloten had niet in God te geloven en dat zonde er niet meer toe deed. Het is moeilijk de oude mens af te leggen, placht mijn oma te zeggen.

Het was een mooie optocht, maar zo gauw hij afgelopen was, sleepten Willie en ik Letty naar huis zo snel haar gewicht en de wiebelige wielen toelieten. Het was bijna twaalf uur, maar ik wilde liever niet thuis eten en Willie ook niet. Ma smeerde boterhammen voor ons die we mochten meenemen naar de beek. Ze hoefde niet tegen ons te zeggen dat we voor het donker thuis moesten zijn. Als het donker was, zou er vuurwerk afgestoken worden en trouwens, voor die tijd kregen we nog avondeten. Elk een paar boterhammen was niet genoeg om ons van de ochtend tot het slapengaan de hongerdood van het lijf te houden.

Raad eens wat er gebeurde. Hoe snel we ook waren, Ned en zijn grote broer Tom zaten brutaal als volgevreten katten op onze visstek. Ned wist heel goed van wie dat plekje was. Hij had Willie en mij daar vaak genoeg zien zitten. Ik wilde hem dolgraag het lesje leren dat ik hem eerder die morgen niet had kunnen leren, maar zijn broer Tom is twee jaar ouder dan ik en heeft een paar stevige vuisten. Dus besloot ik dat dit een van die situaties was waarin 'voorzichtigheid de moeder der wijsheid is' en dat Willie en ik ons tevreden moesten stellen met het op één na beste plekje.

We zwegen een hele poos terwijl we een worm aan het haakje regen, een paar proefworpen deden en ten slotte op de oever gingen zitten en onze pet naar voren trokken om onze ogen te beschermen tegen de zon. Ik zuchtte. Met deze hitte en op dit plekje zouden we vast niet veel wormen nodig hebben.

'En,' zei Willie na een tijdje, 'ben je nog steeds een apeïst, Robbie?'
'Een wat?'

'Je weet wel,' zei hij plechtig, 'zo'n soort van heiden die niet in God gelooft.'

Ik kende het juiste woord voor mensen zoals ik niet en het zou nog maanden duren voor ik ontdekte dat het woord 'atheïst' was, niet 'apeïst'. Toen Willie 'apeïst' zei, was mijn eerste opwelling hem een mep op zijn hoofd te geven. Maar ik hield me in. Misschien hoorde het er allemaal bij en moest ik, als ik een ongelovige werd, ook apeïst worden, of ik het idee van apenvoorouders nu leuk vond of niet. Bovendien ga ik er prat op de grootste woordenschat van de hele school te hebben, omdat ik zo veel lees. Ik kon niet toegeven dat ik het juiste woord voor wat ik besloten had te worden, niet kende. 'Ik denk van wel,' zei ik, hoewel ik van die apen een beetje misselijk werd. 'Eh, ja. Ik hoor bij die apeïsten.'

'Ben je niet... Sjonge, ben je helemaal niet bang?'

'Waarvoor dan?' Ik klonk waarschijnlijk strijdlustig.

'Nou, apeïsten komen vast en zeker ergens terecht waar het helemaal niet leuk is.'

'Je vergeet iets, Willie,' zei ik, evenzeer tegen mezelf als tegen hem. 'Als er geen God is, is er ook geen beneden en boven.'

Hij dacht hier een paar minuten over na en trok een beetje aan zijn vislijn. 'Geen van beide, hè?' vroeg hij ten slotte.

'Spreekt vanzelf, toch?'

''t Zal wel.'

'Soms vergeet ik het,' bekende ik, om het iets af te zwakken. 'Soms vergeet ik dat ik niet meer geloof. Af en toe bid ik nog wel eens.'

'Ja?'

'Dat zal vast geen kwaad kunnen.' Ik trok mijn stok met een ruk omhoog en wierp de lijn verder uit. Geen vis te bekennen. Die rottige Westons. 'Maar het is een opluchting,' ging ik verder, 'om me niet meer druk te hoeven maken over geboden.'

Hij ging rechtop zitten. 'Waar heb je het over?'

'Kijk, Willie' – ik voelde me net pa die probeert de Bijbel uit te leggen aan stompzinnige gemeenteleden – 'dat spreekt toch vanzelf? Als iemand niet in God gelooft, dan hoeft hij zich niet meer druk te maken over al die onzin in de Bijbel. Net zat ik nog te denken dat ik zin had om die rottige Westons uit te schelden, omdat ze ons beste stekje hebben ingepikt. Dus ik bedacht me niet en deed het gewoon. Ik kan schelden als ik er zin in heb. De geboden gelden niet voor mij.'

'De Tíen Geboden?'

Welke geboden anders? 'Natuurlijk,' zei ik. 'Als ik moet liegen of stelen of schelden of' – en ik huiverde een beetje toen ik het zei – 'iemand doodmaken...'

Willie stond nu rechtop en keek naar me alsof ik ineens veranderd was in een stekelvarken.

'Of iets goddeloos moet doen op zondag of echtbreuker wordt –'

'Hou je mond, Robbie Hewitt. Stel je voor dat je vader je hoort.'

'Ik ga het nooit tegen hem zeggen,' zei ik grootmoedig. 'Dat zou die arme man niet overleven.'

Willie ging weer zitten. Hij peinsde er nog steeds over wat er toch van zijn beste vriend geworden was. Na een poosje ging hij achterover tegen de oever liggen. 'Je moet hier nog maar eens goed over nadenken, Robbie,' zei hij zacht.

'Denk je dat ik dat nog niet gedaan heb?' vroeg ik. 'Man, ik denk haast nergens anders meer aan.' Wat niet waar was. Ik dacht heel vaak aan automobielen en fietsen. (Was er een kans dat ik ooit een fiets zou hebben?) En zouden de gemeenteleden pa wegsturen na de komende jaarlijkse gemeentevergadering, omdat de eeuwige verdoemenis hem niet genoeg aan het hart ging? Ik dacht – hoewel ik het mezelf nauwelijks durfde bekennen, laat staan Willie – ik dacht zelfs aan Rachel Martin, die op school voor me zat – hoe het zou voelen om een flinke ruk te geven aan een van die pijpenkrullen van haar, gewoon om te zien of die, net als een kikker, terug zou springen. Maar het leek niet gepast om, met het eind van de wereld voor ogen, te denken aan meisjes met lange bruine krullen. Hoe dan ook, van gedachten aan Rachel Martin ging ik me een beetje ongemakkelijk voelen, ook al sprak ik ze niet uit.

We bleven een hele poos zwijgend op de oever liggen en kauwden op onze stengels klaverzuring. Onze ogen bewogen mee met de rustige stroming, de geur van de pas gemaaide velden prikkelde in onze neus en het gezoem van insecten klonk in onze oren. Het leek of 4 juli eeuwig zou duren. Maar er klonk al droefheid in de lome roep van een kraai, alsof hij wist dat alles vanaf toen alleen nog maar bergafwaarts zou gaan, alsof dit moment het begin was van het einde van onze laatste zomer op aarde.

'En,' zei Willie en toen hij het zei, besefte ik dat hij het al vaker gezegd had, maar dat ik niet opgelet had, 'en, wat ga je nu doen?'

Op dat moment wilde ik niets liever dan tegen de oever van de North Branch liggen en een beetje beneveld raken door de geuren van hartje zomer en luisteren naar het stroompje dat voorbij kabbelde en de insecten die vlijtig in mijn oor zoemden. Ik gaf geen antwoord. Willie vroeg het niet opnieuw. Ik denk dat hij ook tevreden was. Het was een prachtige optocht geweest, ook al moest ik die waardeloze kar met Letty erop trekken.

Ik gunde mezelf de luxe te dagdromen over de optocht van volgende zomer. Ik op een fiets van W.R. Nichols uit Tyler. De advertentie in de krant van Tyler had een dubbeldik zwart kader. Ik had de woorden uit mijn hoofd geleerd: 'Rijwielen, de compleetste van de stad en ik verkoop tegen de prijs die u wilt!'

Dat was uiteraard een leugen, want de advertentie ging verder met de prijs die meneer Nichols wilde.

'Prijzen van $20 tot $125,' wat in ieder geval niet de prijs was die ík wilde, met mijn spaargeld van in totaal een kolossale $1,35. Maar onder aan de leugenachtige advertentie stond een verleidelijke zin: 'Een groot aantal tweedehands fietsen wordt vrijwel voor niets weggegeven in de kelder van de winkel. Neem eens een kijkje!'

Goed, het klonk een beetje als de heks in 'Hans en Grietje' die de kinderen uitnodigt in haar huisje van peperkoek, maar ik kon de neiging haast niet onderdrukken om de vijftien kilometer naar Tyler te lopen en het met eigen ogen te zien. Wat betekende 'vrijwel voor niets' precies? Eén dollar en vijfendertig cent? Dat zou beslist een weggeefprijs zijn, vergeleken met twintig of honderdvijfentwintig dollar. Wie zou in vredesnaam honderdvijfentwintig dollar neertellen voor een fiets? Sjonge, als ik honderdvijfentwintig dollar had, zou ik het niet verspillen aan een mooie fiets. Ik zou onmiddellijk zo'n Winton automobiel kopen als ik in Tyler gezien had. Ik zuchtte. Nee, automobielen zouden waarschijnlijk een vermogen kosten, dichter bij de duizend dan bij de honderd dollar.

4 Elliot vermist

Geen vis die middag – te warm en de verkeerde plek – maar het avondeten maakte alles goed. We hadden niet zulk lekker eten gehad sinds dominee Pelham het stadje had verlaten. Ma had een van de oudere kippen, die geen eieren meer legde, gegrild. Ze had de kip zo klaargemaakt dat die nauwelijks taai was. Bovendien aten we witte bonen in tomatensaus en maispudding en een soort custardvla.

Pa was heel opgewekt en praatte over de optocht. Hij zei zelfs waarderend dat Willie en ik Letty zo goed getrokken hadden. Ik denk dat hij nog niets had gehoord over mijn aanvarinkje met Ned Weston. Hij begon er tenminste niet over. Hij en ma hadden op het grasveld bij het stadhuis gestaan om naar de toespraken te luisteren. Meneer Weston had iedereen verrast door maar anderhalf uur te spreken – wel veertig minuten minder dan de vorige keer.

Hoe lekker het eten ook was, we aten een beetje snel. Het optreden van de fanfare zou om half zeven beginnen, als het nog licht was, en we wilden er geen seconde van missen. En ja hoor, Letty mocht opblijven voor het vuurwerk. Beth en ik voelden ons allebei verplicht te protesteren. Toen wij vijf waren, mochten we niet zo lang opblijven, maar ons protest was halfslachtig. We waren allemaal in een te goede stemming. Bovendien, als Letty naar bed moest, zou een van ons misschien bij haar thuis moeten blijven. Dat risico wilden we niet nemen.

Om kwart over zes hadden we onze deken op het gras uitgespreid. We zijn een groot gezin voor één deken, dus moesten we dicht bij elkaar zitten. Ik kroop tegen pa aan. 'Koud, Robbie?' vroeg hij. Ik knikte en hij sloeg zijn arm om me heen. Ik had het niet echt koud, maar op de een of andere manier had ik het gevoel dat ik zou bevriezen als ik een paar centimeter bij zijn grote warme lichaam vandaan zou schuiven. Was dat nu hoe het voelde om alleen in de koude, wrede wereld te zijn? Was het als de kou die je voelt op een zomeravond, als je niet dicht genoeg bij je vaders grote warme lichaam kunt zitten?

Het duurde maar even. Letty rolde opzij, diep in slaap, en pa pakte haar op schoot en wiegde haar hoofd tegen zijn borst. Ze werd niet eens wakker toen de fanfare inzette. Ze bewoog alleen een beetje en ging toen weer rustig liggen.

'Ik denk dat ik maar bij Willie ga zitten,' zei ik.

'Dat is goed,' zei hij glimlachend. Ik wilde graag dat hij 'Niet weggaan. Blijf maar bij ons,' of iets dergelijks zou zeggen, maar dat deed hij niet.

Ik zou echt van het optreden genoten hebben als ik het niet zo koud had gehad – hoewel het 4 juli was en nog niet eens donker. Maar toen het concert afgelopen was, begon het vuurwerk. Het is lastig om aan andere dingen te denken als de lucht aan het ontploffen is: fluitende en gillende vuurpijlen die uiteenspatten in enorme paraplu's van lichtjes, boven de stad en zo ver als de bergen aan beide kanten. Ik vroeg me af, maar niet op een angstige manier, hoor, ik vroeg me gewoon af of het einde van de wereld ook met wat spannend vuurwerk gepaard zou gaan.

'Robbie, heb je Elliot gezien?' Ik sprong op toen ik pa's stem hoorde. Hij had me laten schrikken hier in het donker; ik was met mijn gedachten bij de lichtsalvo's aan de hemel. Hij stond achter me met een petroleumlamp in zijn hand.

'Nee, pa, niks niet gezien.' Ik wist dat hij ongerust was, want hij corrigeerde me niet.

'Willen jullie me helpen zoeken?'

'Natuurlijk, meneer Hewitt.' Willie was al gaan staan en stopte de slip van zijn blouse in zijn broek, klaar om in beweging te komen.

'Ga zitten en wees 'ns stil,' zei iemand een paar meter achter ons hard en lomp, dus liepen we het grasveld af, terwijl Willie zijn deken opvouwde.

'We zaten allemaal naar het vuurwerk te kijken toen hij zei dat hij nodig moest – ik was bang dat hij – nou ja, ik had Letty op schoot, dus ik zei tegen hem dat hij snel naar huis moest gaan om het secreet te gebruiken. Hij kwam niet meteen terug. Eerst maakte ik me geen zorgen, maar later – tja, hij bleef zo lang weg en ik ging naar huis om te zien wat er aan de hand was en nu is hij nergens te vinden. Ik – ik zie hem nergens.'

'Maakt u zich maar geen zorgen, meneer Hewitt.' Willie klonk als een moeder. 'We vinden hem wel.'

Pa bedankte Willie met een soort scheef glimlachje. Hij gaf ons de lantaarn. 'Hier, nemen jullie deze maar. Ik heb hem niet nodig.'

Ik pakte de lantaarn aan omdat ik niet wist wat ik anders moest doen. Het was een donkere avond, behalve toen een enorm stuk vuurwerk de hemel verlichtte. 'Waar moeten we zoeken?' vroeg ik, half bang vanwege Elliot en half knorrig omdat we niet naar het vuurwerk konden kijken.

'Ik denk dat ik maar naar de steengroeve ga,' zei pa. 'God verhoede –'

Ik duwde hem het handvat van de lantaarn weer in handen. 'Neemt u de lamp dan maar,' zei ik.

'Ja,' zei Willie. 'U hebt hem meer nodig dan wij. Trouwens, ik kan er eentje meenemen als we langs mijn huis komen. Wij zoeken wel tussen de mensen. Hij is vast een kameraad tegengekomen en zit gewoon naar de show te kijken.' Je kon merken dat Willie zijn best deed om pa moed in te spreken. Hij wist heel goed dat Elliot geen kameraden had, behalve misschien zijn vriend Jezus.

'Wie weet…' zei pa. 'Waarschijnlijk is het wel verstandig om eerst hier te zoeken. Bedankt, jongens.' Met die woorden haastte hij zich in de richting van East Hill Road – de weg die langs de begraafplaats loopt en eindigt bij de steengroeve, een vijftien meter diep gat in de grond. Ik huiverde toen Willie en ik pa nakeken tot de duisternis hem opgeslokt had.

'Waar denk jij dat Elliot is?' vroeg Willie.

'Hoe moet ik dat weten?' snauwde ik. Het was al lastig genoeg om een broer als Elliot te hebben zonder dat hij tijdens het vuurwerk van 4 juli verdween en pa helemaal ongerust maakte.

We zochten zo goed we konden tussen de toeschouwers, maar de mensen vonden het niet prettig dat we op hun deken gluurden. Al gauw zei Willie: 'Kom, we gaan naar huis om een lantaarn te halen. Dan kunnen we zien wat we doen.'

We liepen naar Willies huis. Zijn tante sliep al. Vuurwerk of geen vuurwerk, de vrouw hield vast aan haar geregelde leven. Willie en ik fluisterden en liepen op onze tenen, maar toen we nog maar een paar stappen in het huis hadden gezet, stootte ik met mijn voet tegen het schaaltje water van de kat, dat kletterend op de houten vloer viel.

'Wie is daar?'

'Wij, tante Millie.'

'Waarom lig je niet in bed, William?'

'Robbie en ik moeten dominee Hewitt helpen zoeken naar Elliot. Hij is zo'n beetje weggelopen bij het vuurwerk. Ik kom een lantaarn halen.'

Uit haar kamer naast de hal klonk gemompel, wat we als toestemming beschouwden. Willie pakte de lantaarn uit de provisiekast. Hij wachtte tot we veilig buiten stonden, streek toen een lucifer af en stak de lantaarn aan. De zwavelgeur van de lucifer bracht me dominee Pelhams gedetailleerde beschrijving van de hel in herinnering. Ik schudde die gedachte snel weer af.

We probeerden te verzinnen wat Elliots lievelingsplekken waren. Boven aan de lijst stond het warenhuis, omdat ze daar heel veel snoep hebben. Er was niemand te zien bij de winkelpui. Geen Elliot die door de ruit stond te turen of op de rand van de veranda met zijn benen zat te zwaaien. We liepen weer naar het vuurwerk om te zien of hij al terug was, maar het was net afgelopen en de mensen gingen op weg naar huis.

'Zullen we naar je moeder gaan?'

Ik schudde mijn hoofd. 'Dan maakt ze zich alleen maar zorgen,' zei ik.

Vervolgens zochten we bij de paardenstallen. Alleen oude Rube Wiley was er, maar hij had 'geen spoor gezien van iemand met minder dan vier benen' sinds het concert, uren geleden, begonnen was.

'Ik zou jullie best willen helpen zoeken, jongens, maar al dat geknal heeft de paarden zo schichtig gemaakt als een bruid op de dag voor ze gaat trouwen.'

We gingen naar de andere kant van Main Street. We liepen om de huizen aan de westkant van de straat heen en toen om de huizen aan de oostkant. We controleerden het grasveld nog eens om te zien of Elliot misschien toch teruggekomen was. We vonden alleen maar een deken en een mand die achtergelaten waren.

'We kunnen beter het treinspoor proberen – en de beek,' zei Willie.

Heer, ontferm U. Natuurlijk zou Elliot niet midden in de nacht naar de beek gaan. Zo dom was hij ook weer niet! Ik liep achter Willie Main Street weer in en toen door Depot Street. We lieten het licht van de lantaarn over het perron en de rails schijnen. Toen staken we de rails over, doorkruisten Main Street nog een keer en liepen minstens een kilometer langs de North Branch.

'Hij zal toch niet naar het meer gegaan zijn?'

'Nee, joh! Zo gek is hij ook weer niet!' Ik praatte hard, probeerde de gedachte aan Elliot die met zijn gezicht naar beneden midden op Cutter's Pond dreef, te overschreeuwen.

'Kom op, Robbie. Dat zegt toch ook niemand. Ik probeer gewoon overal aan te denken.'

'Ik weet het,' zei ik. 'We gaan bij de schuren van de steenhouwerij kijken. Als hij daar niet is, kunnen we maar beter naar huis gaan. Je zult zien dat hij daar al veilig en wel zit, terwijl jij en ik als gekken naar hem lopen te zoeken.'

Er was geen spoor van hem te ontdekken bij de schuren; de lage metalen daken glommen spookachtig in het licht van de grote gaslantaarn. Het was geen prettig idee dat onder die daken honderden grafstenen in de maak waren. We liepen West Hill Road in en gingen bij School Street de bocht om. We zeiden niets tegen elkaar, totdat we bij de pastorie waren. Elliot en pa waren er allebei nog niet, maar ma was zo opgelucht dat ze Willie en mij zag, dat ze niet wilde dat ik weer wegging. 'Ga maar naar huis, Willie. Je tante raakt over haar toeren als je nog langer wegblijft. Meneer Hewitt vindt Elliot wel. Ik weet het zeker. En toch bedankt, hoor.' Ze gaf hem een groot stuk pastei voor onderweg en dirigeerde hem de deur uit.

Letty lag al in bed. Ma, Beth en ik gingen aan de keukentafel zitten en probeerden niet naar elkaar te kijken. Onze gezichten waren bleek en betrokken in het licht van de gaslamp.

'Hij is dood. Ik weet gewoon dat hij dood is,' barstte Beth uit.

'O, Beth, ik weet zeker dat alles goed met hem is.' Hoe kon ma dat zo zeker weten?

De stilte in de keuken was zo zwaar dat elke tik van de klok in de hal een klap tegen mijn hoofd was, als een tik van de liniaal van de meester op mijn hand. Ik schraapte mijn keel.

'Wat is er, Robbie?' Ma keek me verwachtingsvol aan, alsof ik met een goed idee op de proppen zou komen. Ik voelde me gedwongen iets te zeggen.

'Willie en ik hebben de hele stad uitgekamd – alle lievelingsplekken van Elliot. We hebben zelfs bij de beek gezocht.' Vanwege de angstige uitdrukking op haar gezicht praatte ik snel verder. 'Het water staat laag,' zei ik. 'U weet hoe droog het geweest is.'

Ze probeerde te glimlachen.

Beth schoof haar stoel achteruit en ging lawaaierig staan. 'Ik houd het niet vol om hier maar wat te zitten staren,' zei ze.

Ma keek hoopvol op. Ze dacht echt dat een van ons een geweldig idee zou verzinnen, maar we hadden geen ideeën, tenminste, geen ideeën die draaglijk genoeg waren om onder woorden te brengen. De steengroeve aan de oostkant van de stad en het meer aan de zuidkant – die waren te onverdraaglijk.

Ik stelde me in gedachten voor dat pa, met de zwaaiende lantaarn in zijn rechterhand, East Hill Road beklom in de richting van Quarry Hill. Hij riep: 'Elliot! Elliot!' en toen klonk er een stemmetje vanuit het donker dat terug riep: 'Hier ben ik, pa.' En pa pakte Elliot met zijn grote linkerhand vast en bracht hem blij naar huis.

'Ik ga thee zetten,' zei Beth en ik was weer terug in de werkelijkheid.

'Dank je, Beth,' zei ma. Haar stem klonk zacht van teleurstelling. 'Dat is fijn.'

We dronken thee. Ik deed twee grote klonten ahornsuiker in mijn thee, roerde hard, alsof het havermoutpap was, blies eroverheen en slurpte de thee op. Niemand vermaande me, zelfs Beth niet. Deden ze het maar.

Eerst wisten we het niet zeker. Als je al een hele poos, urenlang leek het, ingespannen aan het luisteren bent en een geluid wilt horen dat er niet is, dan durf je je oren haast niet te vertrouwen als het er wel is. Toen sprongen we allemaal ineens op en renden naar de deur. De stoelen kletterden achterover op de vloer; we lieten ze gewoon liggen. Ma was er als eerste en trok de deur wijd open.

Daar stond pa, bijna dubbel gebogen door de zware vracht – we wisten dat het Elliott was. Ma slaakte een schrille kreet en was toen stil. We durfden geen van allen adem te halen.

'Het gaat goed met hem,' zei pa zacht. Hij gaf antwoord op de vraag die we niet durfden stellen. 'Hij is alleen heel erg moe.' Hij liep de keuken in en legde Elliots misvormde lichaam op de slaapbank, die we gebruiken als er iemand ziek is en dicht bij de kachel moet blijven. Langzaam ging pa rechtop staan en het leek wel of zijn schouders knarsten. 'Hij was op de begraafplaats. Toen ik bij hem kwam, strompelde hij om de graven heen. Hij leek niet te weten waarom hij daar naartoe gegaan was. Ik vroeg het hem, maar hij kon het niet uitleggen.' Hij wendde zich naar ma. 'Het maakt niet meer uit, hè? Hij is veilig.'

'O, Frederick,' zei ma. 'God zij dank.'

Hij bleef haar een poosje aankijken en toen liep hij naar de deur, waar zij nog steeds stond, sloeg zijn armen om haar heen, waar wij bij waren, legde zijn hoofd op het hare en begon te huilen.

'Ik liep helemaal naar de steengroeve… Het was te donker om iets te zien beneden in de… in de… Ik was zo bang…' De woorden kwamen tussen de snikken door. Misschien heb ik ze niet helemaal goed verstaan, maar ik zweer dat ze zo klonken.

Ik deed mijn ogen dicht. Ik wilde mijn vingers in mijn oren steken. Hoe kon ik dit aanzien? Mijn pa die zich aan ma vastklampte en huilde als een kind. Ik kreeg er een naar gevoel van in mijn buik. Ik schaamde me voor hem. Zelfs als hij me vernederde of tekeerging tegen de oorlog, was hij voor mij altijd een echte man gebleven. Maar op dit moment was hij niet de lange dominee tegen wie de mensen, niet alleen fysiek, maar in alle opzichten, opkeken. Hij was een bang jongetje. Ik wilde het liefst de kamer uitrennen.

'Het is nu in orde, Frederick. Het is allemaal voorbij.' Ma klopte hem op de rug en troostte hem alsof hij Letty was en niet haar man. 'Het is in orde.'

Eindelijk liet pa haar los, haalde zijn zakdoek uit zijn zak en snoot zijn neus. Hij lachte op een vreemde, gesmoorde manier. 'Lieve help,' zei hij, 'je zou denken dat ik degene ben die verdwenen was.'

Hij snoot zijn neus nog een keer voordat hij de zakdoek in zijn zak stopte en liep naar de slaapbank. Hij boog heel diep voorover en hield zijn hoofd zo dicht mogelijk bij dat van Elliot. 'Hoe gaat het, jongeman?' vroeg hij zacht.

''t Is goe, pa,' fluisterde Elliot terug. 'Ik was ook ban.'

'Gelukkig hebben we elkaar gevonden, hè, zoon?' Zijn stem klonk teder en vol liefde, en op dat moment was ik zo jaloers op Elliot dat ik, als ik me nog aan de geboden gehouden had, het gebod over heb-zucht volledig aan gruzelementen had geslagen. Hoe kon pa zo veel van Elliot houden? Elliot was geen zoon op wie een man trots kon zijn. Hij was een arme dwaas met wie je medelijden kon hebben. Hij zou nooit iets bereiken in de wereld. Zo was het toch? Hij zou zelfs niet het werk van de stomste boerenknecht of staljongen kunnen doen. Pa en ma moesten waarschijnlijk de rest van hun leven voor hem zorgen, en wie zou daarna met hem opgescheept zitten? Niemand die goed bij zijn hoofd was, zou dat willen. Maar daar kwam pa en die aanbad zijn arme, onnozele jongen, als een van de wijzen bij de kribbe. Hoe dan ook, ik wist zo zeker als ik mijn eigen naam kende dat ik pa nog nooit op zo'n toon tegen mij had horen praten. Hij had nooit om mij gehuild.

Niemand besteedde aandacht aan mij, dus ging ik naar boven,

naar mijn kamer – naar de kamer waar ik samen met Elliot sliep – en kroop in bed. Ik kon niet slapen. Ik hoorde in gedachten steeds pa huilen. Na een hele poos hoorde ik zijn zware voetstappen op de trap. Hij droeg Elliot naar zijn eigen bed.

'Trusten, Robbie,' zei hij. 'Bedankt voor je hulp.'

Ik draaide mijn gezicht naar de muur en deed net of ik sliep.

5 Verwarrende gebeurtenissen

De volgende ochtend was ik bijna tegelijk met de hanen wakker, eerder dan iedereen behalve ma. Soms vroeg ik me af of ze ooit sliep. Nu was ze in elk geval al op, het vuur brandde en ze stond in de havermoutpap te roeren. Hetzelfde Schotse bloed dat haar ertoe had gebracht mij Robert Burns Hewitt te noemen, zorgde er ook voor dat ze, zomer en winter, havermoutpap kookte.

Ik had geen honger, maar ik wist dat het geen zin had dat te zeggen. Ik kwam het huis niet uit als ik mijn kom pap niet ophad. Het is niet vies, havermout, maar het is plakkerig en ligt zwaar op de maag. Als je geen honger hebt, is het net alsof je tot je middel door een moeras waadt.

Ma keek naar me, terwijl ik ongeveer twee keer zoveel ahornstroop dan anders in de pap deed, maar ze zei er niets van. Ze stond daar alleen maar met haar mond een beetje open, zonder iets te zeggen. Ze zag er doodmoe uit. Ik schaamde me wel een beetje dat ik openlijk ongehoorzaam was door zo veel stroop te nemen, maar ik had het die ochtend nodig – ik had iets zoets nodig, denk ik, of een soort bewijs dat ik voor pa niet, maar voor haar wel iets extra's waard was.

'Je bent vroeg wakker, Robbie,' zei ze, terwijl ze zich naar het grote ijzeren fornuis wendde dat een kwart van de muur in beslag nam.

'Ja, moeder,' zei ik. 'Ik kon niet goed slapen.'

'Ik denk dat het voor ons allemaal een rare nacht was,' zei ze. 'Maar alles is weer in orde. Elliot is veilig thuis.'

'Ja, moeder.' Ik kauwde op de volgende hap. Sjonge, wat een klus om een kom havermoutpap weg te werken. Ik vroeg nog een beker melk. Ik had iets nodig om de pap mee weg te spoelen. Over de brede tafel reikte ik haar mijn lege beker aan.

'Ik ben blij dat je eetlust er niet onder te lijden heeft,' zei ze, terwijl ze mijn beker volschonk. Ze gaf me de beker niet over de tafel aan, maar liep om de tafel heen naar me toe.

Ik gromde wat, maar zij beschouwde het als een bedankje en klopte me op mijn schouder, terwijl ze de beker voor me neerzette. Toen liep ze naar het fornuis, schonk een kop thee voor zichzelf in en ging tegenover me aan tafel zitten. Gewoonlijk zou ik dat fijn gevonden hebben. Ze nam haast nooit de tijd om bij me te zitten. Ze dronk een slokje thee. Toen leunde ze achterover en staarde naar een plek boven mijn hoofd.

Ik was opgelucht dat ze niet probeerde een gesprek te beginnen. Ik was niet in de stemming om te praten en ik had nog een halve kom havermout te gaan.

'Je vader slaapt als een marmot,' zei ze na een poosje. 'Ik heb nog nooit meegemaakt dat hij zo uitgeput was.'

Ik knikte en slikte en spoelde de pap weg die in mijn keel bleef steken. Ze zuchtte diep en nam weer een slok thee.

Ik gebruikte haar verstrooidheid om te ontsnappen. Ik ging staan en spoelde snel mijn halflege kom af onder de keukenkraan. 'Nou,' zei ik geforceerd opgewekt, 'ik denk dat ik maar met Willie ga vissen voordat het te warm wordt.'

Ze knikte en glimlachte afwezig. Ze vergat helemaal te vragen of ik alle havermout opgegeten had. Ik maakte me snel uit de voeten, pakte mijn hengel en mand en sprong van de veranda af.

Maar Willie moest van zijn tante hout kloven voor het fornuis. 'Jullie hebben Elliot gevonden, neem ik aan,' zei hij, toen ik dichterbij kwam.

Ik haalde als antwoord mijn schouders op. 'Zin om te vissen?'

'Ik heb nog niet gegeten,' zei hij en keek me onderzoekend aan.

'Kom maar als je klaar bent,' zei ik. 'Ik denk dat ik toch eerst even naar het huisje ga.'

'Het huisje?' We gingen altijd samen naar onze schuilplaats. Dat beseften we allebei. 'Alles goed, Robbie?'

'Ik weet het niet, Willie. Ik wil gewoon een beetje aanrommelen. Kijken of alles in orde is, een paar wormen opscharrelen in het bos.'

Ik probeerde mijn stem gewoon te laten klinken. 'Ik ga naar de beek voordat de jongens van Weston hun ogen opendoen. Dat beloof ik.'

'Goed dan. Tot later.' Hij liet de bijl precies in het midden van een stuk hout neerkomen. Die jongen kon erg goed hout kloven. Dat moest je hem nageven.

Bij Willie vandaan ging ik rechtstreeks naar de heuvel, liep langs het veld waar de stier van de familie Roberts stond, stak hun weiland over en ging op weg naar de rand van het bos. Het was niet de handigste route om bij het huisje te komen. Het zou gemakkelijker geweest zijn om terug te gaan naar School Street en vanaf mijn huis omhoog te lopen, maar ik wilde niet dat pa of iemand anders me zou zien. Ik wilde graag alleen zijn, hoewel ik mezelf op dat moment niet echt prettig gezelschap vond. Ik wilde dat ik een boek meegenomen had, maar daarvoor zou ik langs huis moeten gaan. Pas als ik honger kreeg, ging ik weer naar huis.

Het hooi op de heuvel was een paar dagen geleden gemaaid en de stoppels prikten, maar dat deed niet echt pijn. Waar ik echt blij mee ben, naast mijn buitengewone woordenschat, zijn mijn voeten. Ze zijn zo hard als de huid van een nijlpaard. Daar ben ik best trots op. Ik wed dat ik, in geval van nood, over een spijkerbed zou kunnen lopen, net als die swami's in India. Toen ik de eerste rij bomen bereikte, bleef ik evenwijdig aan het bos lopen tot ik zo ver naar beneden kon kijken dat ik Mabel Cramms huis zag – zij die het allemaal in gang gezet had – en het huis van de Branscoms en de Wilsons en natuurlijk de boerderij van de Websters en hun schuur en kippenren. Alle akkers en weilanden achter School Street waren van hen. Dan had je nog de grote, grillig gebouwde pastorie en daaronder de toren van de congregationele kerk, die naar de lege hemel wees. Ik zuchtte. Het was die ochtend eenzaam om een apeïst te zijn.

Ik zag geen kleine gedaantes rond de pastorie. Niemand die hout kloofde. Het is bij ons thuis nooit nodig om voor het ontbijt al hout te kloven. Pa zorgt ervoor dat de houtbak altijd vol is. Daar is hij heel precies in.

Soms, als er mensen zijn die zonder werk zitten of hulp nodig hebben, huurt hij ze in om hout te hakken of te kloven, maar meestal doet hij het zelf. 'Laat Robbie je toch helpen,' zegt ma soms, maar dan glimlacht hij en haalt zijn schouders op. 'Het is goed voor me,' zegt hij dan. Ik heb gemerkt dat de kist overloopt van hout als er beroering is in de gemeente en dat de houtstapel naast de deur op die momenten hoger is dan ik ben.

Ik draaide me om, keerde de zon, die nu hoog aan de hemel stond en naar het zuiden draaide, de rug toe en liep het bos in. Opeens was mijn wereld donker en koel. Sinds de sneeuw gesmolten was, hadden Willie en ik het pad uitgesleten tot het bijna even vlak was als Main Street. Ik weet niet waarom we zo vaak naar het huisje gingen. Ja, we bewaarden daar een paar spullen – wat extra vistuig, een paar oude overhemden voor als het erg koud was, een paar lucifers om vuur te maken, zelfgemaakte maiskolfpijpen en een paar gedroogde maispluimen om te roken. Nu en dan probeerden we wat eten op te slaan – groene appels die we uit de boomgaard van de Websters stalen, een paar walnoten die we wilden opeten zo gauw we de puf hadden om ze stuk te slaan. Meestal werd het eten aangevreten door eekhoorns en wasberen. Ik was altijd verrast als ze iets voor ons overgelaten hadden.

In de stilte van het bos klonk het geluid zo duidelijk in mijn oren alsof ik het echt hoorde. Het geluid van mijn huilende pa. Het was niets voor hem. Ik denk dat ik daardoor zo in de war was. Het was zo verwijfd. Wat sommige mensen ook denken over predikanten die meer met hun hoofd werken dan met hun handen, niemand had mijn pa er ooit van beschuldigd geen echte man te zijn.

En alles vanwege Elliot. Omdat hij verdwenen was en misschien niet levend teruggevonden zou worden en toch veilig terugkwam. Ik heb mijn hele leven geprobeerd het niet erg te vinden dat Elliot mijn broer is, hem niet te laten bederven wat, door de bank genomen, een fijn leven is voor een jongen. Een keer praatten de jongens van Weston over hem, zo hard dat ik hen kon verstaan; ze vroegen zich af of Elliots 'aandoening' een familiezwakte was of een familiezonde. Ik sloeg Ned een bloedneus voor die vraag. Ik vond dat ze de goede naam van mijn ouders in twijfel trokken. Dat kon ik niet over mijn kant laten gaan. Ik ben er trots op te kunnen zeggen dat de jongens er daarna niet meer over gepraat hebben in mijn bijzijn, ook niet toen Tom groot genoeg was om me een pak slaag te geven.

Toen ik jonger was, wilden pa en ma soms graag dat ik met Elliot speelde. 'Jullie speelden altijd zo leuk met elkaar,' zeiden ze dan, in de hoop dat ik me zou herinneren hoe fijn ik het als dreumes vond om met Elliot te stoeien. Tegen de tijd dat ik vier was, wilde ik niet langer met Elliot spelen. Hij was groot en stuntelig. Hij gooide mijn blokkentorens om en maakte mijn speelgoedbootjes stuk. Toen ik ouder werd, ontgroeide ik hem. We konden niet over boeken praten, want terwijl ik Robert Louis Stevenson verslond, kon hij *Mijn eerste leesboekje* nog niet eens lezen. Hij kon geen enkele bal vangen die ik hem toegooide en hij was hopeloos met een slaghout. Honkbal maakte hem aan het huilen van frustratie. Als we naar het meer liepen om te gaan zwemmen, kon hij me niet bijhouden. Ook kon hij de zwemtechniek niet onder de knie krijgen, dus als hij met me meeging, moest ik steeds in het ondiepe water blijven omdat ik bang was dat hij er te diep in zou gaan en zou verdrinken.

Meestal bleef hij thuis met Beth en ma. Beth kon het altijd beter met Elliot vinden dan met mij. Ik was te onafhankelijk naar haar zin. Hij aanbad haar, liep achter haar aan en gehoorzaamde haar. Hij vond de papieren aankleedpoppen die ze voor hem maakte geweldig en speelde er uren mee. Hij was nooit brutaal tegen haar en verwenste haar nooit hartgrondig omdat zij ouder was dan hij.

Letty paste goed bij die twee. Ze maakten een troeteldiertje van haar en zij adoreerde hen allebei. Soms strikte ma me om op haar te passen, maar meestal kon ik ontsnappen. Ik was het gezinslid met de meeste vrijheid.

Het huisje is van een afstand haast niet te zien. Het heeft zichzelf min of meer aangepast aan de omgeving. De schoorsteen is half ingestort. Het huisje is net een enorme paddenstoel waar een of andere reus op getrapt heeft. Eén kant van het huisje is helemaal platgedrukt. Soms vraag ik me af of het kapotte deel van het dak op een dag op ons hoofd zal belanden, maar ik geloof dat ik me er niet al te druk om maak, anders zou ik er vast niet meer naartoe gaan.

Elke keer weer vraag ik me af wat er geworden is van de mensen die het huisje gebouwd hebben. De soldaten die meevochten in de Amerikaanse Onafhankelijkheidsoorlog kwamen tijdens de oorlog door deze mooie Vermontse wildernis. Later keerden ze terug naar Vermont en brachten hun gezin mee uit de dichtbevolkte gebieden van Connecticut en Massachusetts. Onze soldaat was hiernaartoe gekomen, had een plek open gekapt en dit houten huis gebouwd. Hoopvol, zoals iedereen die een huis bouwt, denk ik, en dit was er na nauwelijks meer dan honderd jaar van overgebleven.

Ik stond net even stil, peinzend en uitrustend en luisterend naar de vogels en een paar ruziënde eekhoorns, toen ik een geluid hoorde dat mijn hart een slag liet overslaan.

Eerst dacht ik dat het het woedende gesnuif van een groot dier was – een beer of een eland of een poema (en dat was pure fantasie, want er was hier in geen jaren een poema gesignaleerd). Toen mijn hart een beetje tot rust gekomen was, realiseerde ik me dat ik gesnurk gehoord had.

Het gegrom van een poema zou me minder verbaasd hebben. Was het een mens of een beest? Het kon geen vrouw of kind zijn. Die konden niet zo'n buitensporig hard geluid maken. Ik was niet bang meer. Gesnurk heeft iets grappigs. Waarom zou je op je benen staan te trillen voor het geluid van iemand die, zoals mijn grootmoeder altijd zei, in Morpheus' armen ligt?

Dus ging ik erop af. Ik stampte niet, maar deed het heel stilletjes. Ik was echt nijdig dat iets of iemand zijn intrek genomen had in wat naar kolonistenrecht míjn huisje genoemd kon worden. Nou ja, het huisje van Willie en mij, maar hij was er niet bij en kon me niet helpen om te protesteren en het stuk ongedierte weg te jagen.

De deur, die ooit in het midden van het huisje gezeten had, zit nu aan het eind van de kant die ingestort is. De haard en de grote schoorsteen zijn aan de linkerkant als je naar binnen gaat. Ik zag direct dat de bron van het geluid een in elkaar gedoken gedaante bij de haard was – een gedaante onder iets wat ooit een sprei geweest was, dus het was geen wild dier dat vrij in onze bergen rondliep.

'Hé, jij daar!' riep ik, terwijl ik een stap naar de gedaante toe deed en mijn hengel vastgreep als een honkbalknuppel, voor het geval ik een klap zou moeten uitdelen. Ik had nog geen twee stappen gedaan toen ik, *klets!*, plat op mijn gezicht op de grond terechtkwam. Daar lag ik, met een paar droge bladeren in mijn open mond.

Ik ging op mijn knieën zitten en keek een beetje versuft om me heen, om te zien waarover ik gestruikeld was. Het was niet de snurker. Hij had zich niet verroerd. Hij lag even onbekommerd te zagen als eerst. Terwijl ik knipperde om de sterretjes voor mijn ogen kwijt te raken en aan het donker te wennen, zag ik rechts achter me een mager figuurtje. Het licht dat door de deur kwam, viel op een haveloze rok, dus ik wist al dat het een vrouw of meisje was voordat ik het gegiechel hoorde.

'Die was raak!' zei ze, toen ze zag dat ik naar haar keek.

'Wat doen jullie hier in mijn huisje?' Ik stelde de vraag zo waardig als ik kon, terwijl ik de bladeren uitspuugde, mijn kleren afveegde en rechtop ging staan.

'Jóuw huisje? Deze hut is al een eeuwigheid fan niemand tot va en ik d'erin trokke.' Met haar schriele lijf was ze zo brutaal als een volgevreten kat.

'Willie en ik hebben het al jaren geleden opgeëist,' wierp ik tegen. Twee jaar is 'jaren'. Ik loog niet. Trouwens, de indringers konden hier nog niet langer dan een paar dagen zijn.

'Als het jouw huis is, waarom woon je d'er dan niet?' vroeg ze. 'Jij gong weg en va en ik name 't over.' Ze keek me strijdlustig aan. 'En denk maar niet dat we fan plan zijn d'eruit te gaan' – ze zweeg en keek even naar de snurker – 'voordat we 't eraan toe hebbe.'

''k Heb je hier nooit niet gezien in de buurt,' zei ik. Het leek me goed mijn taalgebruik aan te passen aan het hare.

'Ja?' zei ze, en ze bedoelde *Nou en?*

'Je pa, die daar?' vroeg ik en wees naar de snurker.

'En wat had jij daarmee te make?'

'Dat zei ik toch,' zei ik. 'Het is mijn huisje – van Willie en mij. Wij waren er het eerst.'

'Bewijs het maar.'

'Nou, onze spullen liggen hier,' zei ik.

'O ja?'

Ik besefte dat de appels of walnoten die de dieren overgelaten hadden allang weggewerkt waren door deze landlopers. Net als de maispluimen. Ons vistuig was hoogstwaarschijnlijk al as geworden in de haard. Onze oude overhemden, stuiversromannetjes en pijpen waren nergens te bekennen. Ik kon geen bewijs leveren, ook al zou ze bereid zijn geweest toe te geven dat Willie en ik eerder in het huisje geweest waren.

Ik zuchtte. 'Nou, het ís gewoon van ons.'

Het gesnurk voor de open haard veranderde in gesnuif, een schorre hoest, het luide schrapen van een keel vol slijm. De spreibundel ging rechtop zitten en rilde. 'Vile!' schreeuwde hij. 'Waar's me medisijn?'

Het meisje en ik verroerden ons niet. De bundel draaide zich met enige moeite om en nam mij en het meisje tegelijk op. 'Wie 's dat?'

'Staat op, va,' zei ze zacht. 'D'er is bezoek.'

Bezoek? Ik was de landheer. Ik was een beetje op mijn hoede voor de snurker nu hij rechtop zat, maar als ik niet meteen spijkers met koppen sloeg, was ik nog lang niet van hen af. 'Het is van mij,' zei ik. Mijn stem piepte, dus de volgende zin bulderde ik als een grote trom. 'Ik ben de rechtmatige eigenaar van dit huisje.'

De man ging trillend staan.

'Niks aan de hand, va. Wij hebbe d'er net so goed recht op als hij.' Ze wierp een blik op me. ''t Is maar een jochie met een veels te grote mond.'

De man bekeek me van top tot teen, alsof hij probeerde in te schatten of ik een bedreiging vormde. Ik kneep mijn ogen een beetje dicht omdat ik niet wilde knipperen. Hij was een hoofd, schouders en een halve borst groter dan ik.

Tot mijn grote opluchting en tevredenheid richtte hij zijn blik op het meisje. 'Wij ware hier het eerst', zei hij, op een toon die op een jammerklacht leek.

'Ja, va,' zei ze. Ze zette haar hand op haar smalle heup. 'Wij wáre hier en we bénne hier. Wees maar gerust.'

Hij strompelde naar ons toe. Ik deed een stap opzij. Ik kon er niets aan doen. Toen besefte ik dat hij op weg was naar de deuropening, niet naar mij. Ik deed snel nog een stap opzij.

'Net wakker,' mompelde hij. 'Mot –'

Ze duwde hem min of meer de deur uit, voordat hij zijn zin kon afmaken. Ze had dus wel enige fijngevoeligheid – iets meisjesach-tigs. Ze keek zwijgend toe, met haar rug naar mij toe gekeerd, hoe hij naar de bomen strompelde om zijn behoefte te doen. Ik wist wel zeker dat ze het niet leuk zou vinden als ik ging staan kijken, dus liep ik naar de haard en deed net alsof ik ergens naar op zoek was. Ik voelde meer schaamte dan medelijden. De geur van de sprei was een mengeling van alcohol, braaksel en viezigheid. Een oude dwaze dronkenlap als vader. Toen ze zich omdraaide om te zien wat ik uit-voerde, probeerde ik een beetje bravoure uit te stralen. 'Sjonge, Vile,' zei ik.

'Violet voor jou,' blafte ze. Maar ik wist dat ze zich niet kon herin-neren dat iemand haar ooit bij haar echte naam genoemd had. Ze probeerde gewoon een beetje minder hopeloos te lijken.

Ik was niet in de stemming om aardiger te zijn dan ik was. 'Nou, Vile, Violet, hoe je jezelf ook noemt, je hebt geluk dat ik van plan was te gaan vissen vanochtend. Dat geeft je wat tijd om te eten' – ze snoof – 'en op te hoepelen voordat ik terugkom.' Ze snoof opnieuw.

We deden een soort dansje toen ik probeerde haar in de deurope-ning te passeren. Ze deed grootmoedig een stap opzij en maakte een diepe buiging voor me. Ik liep in een wijde boog om het lawaai van de oude man in het bos heen. Ik wilde hem niet tegen het lijf lopen.

Toen ik een spar zag, haalde ik mijn zakmes tevoorschijn en wrikte een stukje hars van de stam. Ik stopte het in mijn mond. Pa zegt dat ik al mijn tanden zal kwijtraken door steeds op hars te kau-wen, maar hars is gratis en ik kan het me niet veroorloven kauwgum te kopen. Soms, als je veel moet nadenken, heb je de behoefte om ergens op te kauwen.

Pa. Ik had nauwelijks aan pa gedacht toen ik de landlopers bij het huisje tegenkwam, maar ik had mijn wormen opgespit en was uren voordat Willie zou komen al bij de beek, dus ik had genoeg tijd om na te denken. Ik begon met de lui in het huisje, maar veel te snel was ik met mijn gedachten weer thuis. Het is niet goed voor een jongen om zo veel tijd te hebben om over dingen te piekeren. Dat is niet gezond. Ik pakte een worm uit mijn zak en reeg het grootste stuk ervan aan mijn haak. Daar hing hij, het arme beest, hulpeloos te bungelen. Wat had hij mij misdaan dat ik hem zo wreed behandelde?

Ik kauwde luidruchtig op mijn prop hars. Waarom deed de worm me aan Elliot denken? Ik wilde helemaal niet aan Elliot denken, zeker niet aan Elliot als worm. Er bestaat een gezang over Jezus die sterft 'voor een worm als ik'. Ik hield niet van die regel. Elliot mocht onnozel geboren zijn, hij mocht me een heleboel ellende bezorgen, maar hij was geen visvoer. Ik smakte nog harder op mijn hars. Meestal kreeg ik van de sterke, bittere smaak het gevoel dat ik een man was die op tabak kauwde. Nu kreeg ik er alleen maar een mistroostig gevoel van. Ik wilde graag iets zoets in mijn mond, zoals ahornsuiker of snoep of kauwgum.

Pa. Mijn pa die huilde. Ook al denken mensen over het algemeen dat dominees geen echte mannetjesputters zijn, ik wist dat de meeste mensen in Leonardstown tegen mijn vader opkeken. Waarom zouden ze anders opscheppen over hun eigen geloof en laten doorschemeren dat het zijne minderwaardig was? Was dat niet omdat ze diep in hun hart wisten dat hij in alles wat ertoe deed hun meerdere was? Zelfs dominee Pelham had dat bijna toegegeven. Pa's critici waren net jongens op het schoolplein die opschepten over wat hun grootvader in de Burgeroorlog had gedaan. Dat heeft helemaal niks met jezelf te maken.

Zo is het ook met pochen over je geloof. Je probeert gewoon de mensen ervan te overtuigen dat jij iets hebt wat zij niet snappen en wat je niet hoeft te bewijzen. Dat is alles. God of geen God, dat hangt niet af van wat een paar miezerige mensjes zeggen of doen of denken. Elke haan kan een keel opzetten en de morgen aankondigen en hij kan iedereen, inclusief zichzelf, voor de gek houden, zolang de ochtend zelf maar keurig blijft komen. Op dezelfde manier, redeneerde ik, zou God, als er een God was, de dingen wel op zijn eigen manier regelen. Hij liet zich vast niet door nietige mensen de wet voorschrijven. God vond het fijn als mensen aardig waren en hulpvaardig en goed. Wat dominee Pelham ook beweerde, God was niet alleen maar geïnteresseerd in hoe mensen kraaiden.

Ik ging daar aan de beek zitten en begreep al die dingen. Ik had tien jaar lang geleefd met de wetenschap dat ik een sterke vader had. Ik had geen heldhaftige grootvader nodig, ook al had ik die wel. Hoe kwaad ik van tijd tot tijd ook op pa was, hij was mijn held – tot ik hem zijn hoofd op mijn moeders hoofd zag leggen en hem zag grienen als een kind.

Na een hele poos kwam Willie eindelijk opdagen, maar ik was zo uitgepraat in mijn hoofd dat ik haast niet meer hardop kon spreken.

'Alles goed met Elliot?' vroeg hij meteen. 'Je gaf zonet niet echt antwoord.'

'Elliot?' Ik had niet veel over Elliot nagedacht. 'O. Ja. Alles goed. Het gaat toch altijd goed met Elliot?'

Willie keek me bevreemd aan. 'Hij was toch weg?'

'Pa heeft hem gevonden.' Ik denk dat ik die woorden snauwde.

Hij was even stil en wierp een snelle blik op me. 'Gelukkig maar,' zei hij. Ik verwachtte dat hij er 'ja toch?' aan toe zou voegen. Maar Willie is slim genoeg om niet door te zeuren. Dat vind ik een goede eigenschap van Willie, en ook dat hij loyaal is. Een vriend die loyaal is én die weet wanneer hij zijn mond moet houden, is zo zeldzaam als een nijlpaard in Cutter's Pond.

We vingen niets. De voorjaarsdroogte had zowel de vis als de vissers zwaar getroffen. Toch bleven we zitten, tot de zon en onze maag ons vertelden dat het tijd was om te gaan eten.

Terugkijkend vind ik het vreemd dat ik nooit iets tegen Willie gezegd heb over het huisje en de nieuwe 'eigenaren'. Je zou verwachten dat ik dat wel gedaan had, dat Willie er recht op had het te weten. Had ik toen al kwaad in de zin? Iets wat ik Willie niet durfde vertellen omdat ik me ervoor schaamde? Ik denk het niet. Ik was er gewoon niet aan toegekomen het te vertellen. Dat is alles. En dat is toch geen misdaad?

6 De indringers

*I*n Leonardstown eten de meeste mensen tussen de middag warm. De steenhouwers nemen hun eten in een grote trommel mee naar de steengroeve of naar de schuren, maar oorspronkelijk was dit een boerengemeenschap en boeren gaan na een lange ochtend op het land naar huis. Ze hebben veel brandstof nodig voor de rest van de dag. Mijn vader en moeder werken niet op de boerderij, maar we hebben de gebruiken van het stadje overgenomen. Daardoor zijn we meer een deel van de gemeenschap, alhoewel, om eerlijk te zijn hebben we er nooit echt bij gehoord. Mijn ouders zijn hier bijvoorbeeld allebei niet geboren. Er wonen geen grootouders of ooms of tantes in de buurt voor als er iets misgaat of als er iets te vieren is. Pa's ouders leven niet meer en die van ma wonen in de noordoosthoek van de staat, ver van de spoorweg. Het is een lange dag reizen vanaf hier.

Iedereen zat al aan tafel toen ik thuiskwam. Ik haastte me naar mijn plekje, naast Beth, aan de keukentafel. Toen ik ging zitten, kneep ze haar neus dicht; haar pink stak omhoog. 'Poeh,' zei ze.

'Elizabeth!' Ma was geschokt dat Beth zo'n onbetamelijk woord gebruikte.

'Ik kan er niets aan doen, mama. Hij moet zich echt omkleden. Hij ruikt naar dooie vis.'

'Hoe kan dat nou. Ik heb helemaal nop gevangen.'

'Niets,' zei pa.

Volgens mij was ma nijdiger op Beth dan op mij, maar ik moest me toch omkleden. Echt waar, soms is de last van een zus die een dame in wording is meer dan een jongen kan dragen.

Ma had bonen en ham klaargemaakt, alsof het een feestdag was. Om haar een plezier te doen, deden we allemaal ons best om te eten, maar het was een warme dag en niemand had echt honger. Behalve

Elliot. Ma keek naar hem terwijl hij gulzig de bonen opat; haar ogen glansden alsof ze trots was op een of andere geweldige prestatie die hij geleverd had.

Pa maakte waarderende opmerkingen over het eten, maar ik zag dat hij net zomin hongerig was als ik. Hij had donkere kringen onder zijn ogen, waardoor hij er oud en opgeblazen uitzag. Of dat nu door slaapgebrek of door het huilen kwam, daarover wilde ik liever niet nadenken. Mijn gedachten bleven maar cirkelen om het huilen. Dat wilde ik eigenlijk niet, maar ik was echt geschokt dat mijn pa er zo klein en bang uitgezien had, net een jongetje dat zich zeer gedaan heeft en naar zijn moeder rent.

Beth bleef maar draaien op haar stoel en wierp me rare blikken toe.

'Wat is er toch?' vroeg ik ten slotte. Ik werd prikkelbaar van haar en voelde me schuldig.

Iedereen keek naar me alsof ik iets had uit te leggen. 'Beth moet niet steeds naar me kijken,' zei ik. Niet te geloven dat ik er zoiets stoms uitflapte. Ik werd zo rood als een boei.

'Ik kan er niets aan doen,' zei ze sarcastisch. 'Je bent ook zo'n mooie jongen.'

Ik sprong op. Mooi? Ik had wel voor minder iemand een bloedneus geslagen.

'Ga zitten, Robbie,' zei pa rustig. 'En ophouden nu, allebei.' Ik wierp Beth een zelfgenoegzaam lachje toe, voor het geval ze niet doorhad dat ik niet de enige was die over de schreef was gegaan.

Willie kon niet mee vissen na het eten. Hij moest van zijn tante in de moestuin werken. Soms help ik Willie bij zijn klusjes, maar die dag kon ik mezelf er niet toe zetten. Elliot ging pa helpen in de tuin, dus ik was thuis niet nodig. En ook niet gewenst. Tenminste, zo keek ik ertegenaan.

Zonder erbij na te denken, liep ik naar het huisje. Er was niemand. Ik riep, zacht in het begin. Toen niemand antwoordde, ging ik naar binnen. Er was nu voldoende licht om rond te kijken. De landlopers hadden een paar dekens; versleten en vies, dat wel, maar het waren dekens. Een poosje geleden hadden ze vuur gemaakt, want in de oude stenen haard lag smeulende as.

Ik probeerde te verzinnen waar ze hun eten vandaan haalden. Misschien waren ze de heuvel af gelopen naar de stad en hadden ze, net als de meeste mensen, eten gekocht, maar op de een of andere manier voelde ik aan dat zij het anders deden. Ik had nog nooit iemand gezien die er zo arm en behoeftig uitzag als Vile, zelfs niet de kinderen Pepin; hun vader was gestorven door een ongeluk in de steengroeve. De kinderen Pepin, die op school altijd dicht tegen elkaar bij de houtkachel zaten, roken anders dan wij. Hier in het huisje was die geur, de lucht die naar mijn idee bij arme mensen hoorde, tien keer sterker. Ik moest er haast van kokhalzen.

Naast een van de dekens lag een grote halsdoek, die dichtgeknoopt was. Ik vermoedde dat daar hun aardse goederen in zaten. Mijn vingers jeukten om de doek los te knopen. Wat zouden mensen als Vile en haar pa op hun omzwervingen meenemen? Waar kwamen ze vandaan? Hoe noemden ze zichzelf? Geen zigeuners, dat wist ik wel zeker.

Op de vlakte ten zuiden van de stad stonden in september altijd zigeunerwoonwagens. De bewoners bleven een week of zoiets. Wij, jongens, vonden het leuk om ze te bespioneren. Hun woonwagens waren in heldere kleuren geschilderd. Hun kleren waren ook een bonte verzameling kleuren. Zowel de mannen als de vrouwen droegen gouden ringen in hun oren. Ze deden me denken aan Salomo in al zijn glorie. Toen Ned Weston zei dat ze baby's ontvoerden en opaten, sloeg ik hem tegen de grond. 'Weet je, ze zouden jou meteen weer uitspugen,' zei ik.

's Avonds zaten de zigeuners rond het vuur en zongen liedjes die ik nog nooit in een kerk had gehoord – uitbundige liedjes waar je bloed sneller van ging stromen en verdrietige liedjes waardoor je je eenzaam ging voelen en heimwee kreeg, ook al verstond je er geen woord van. De paarden vond ik het mooist. Ze waren kleiner dan Morganpaarden of andere boerenpaarden. Maar het waren geen pony's. Ze waren te trots voor pony's – en net zo mooi versierd als de mensen. Mensen die zulke prachtige paardjes hadden, konden niet slecht zijn. Dat wist ik zeker.

Nee, Vile en haar pa hoorden, jammer genoeg, niet bij de zigeuners.

Waren ze misschien wat sommige mensen 'hobo's' noemden? Van pa mocht ik dat woord niet gebruiken. Hij zei dat het beledigend was voor eerlijke mensen die zonder werk kwamen te zitten als de tijden slecht waren, wat de laatste jaren vaak voorgekomen was. Wij waren gezegend – pa gebruikte nooit het woord 'geluk' – dat de steengroeves opengebleven waren. Daardoor konden de boeren hun producten verkopen en hadden de meeste mensen in dit deel van Vermont genoeg te eten. Maar zelfs als ik het woord 'hobo' zou mogen gebruiken, kon Vile geen hobo zijn. Ik had nog nooit van meisjeshobo's gehoord – het waren altijd volwassen mannen.

'Dief! Gesnapt!'

Vile stond dreigend voor me. Ik keek geschrokken op. De grote gestalte van haar vader – hij was lang als mijn pa, en breed – vulde de deuropening. Hij hield zijn rechterarm achter zijn rug, alsof hij iets verborg.

'Dief!' zei Vile weer. Ik keek omlaag en zag dat mijn handen de hoeken van de doek losgeknoopt hadden, terwijl mijn gedachten bezig geweest waren met zigeuners en hobo's. Vile liet zich op haar knieën vallen en griste de doek onder mijn handen vandaan, maar ik zag nog net een paar vellen papier – een soort posters die aangeplakt worden om voorstellingen en opwekkingssamenkomsten aan te kondigen of het signalement van ontsnapte misdadigers te verspreiden. Ik had niet genoeg tijd om iets te kunnen lezen. Vile was bezig de doek weer dicht te knopen, terwijl ze binnensmonds tegen me mompelde.

'Ik heb niks niet gestolen,' fluisterde ik. Ik wilde liever niet dat haar pa me hoorde. 'Eerlijk niet.' Dacht zij dat er iets tussen hun spullen zat wat ik zou willen hebben?

'Je was 't wel fan plan,' zei ze. 'Als va en ik je niet gesnapt hadde, had je 't gedaan.'

'Ik was gewoon nieuwsgierig,' mompelde ik, maar ik had meteen spijt van die woorden. Het leek erger dan stelen, dat snuffelen tussen hun schamele bezittingen. Alsof ze, omdat ze zo weinig spullen hadden, niet het recht hadden om iets voor zichzelf te houden.

Ze knoopte de uiteinden van de doek dicht met haar kleine ruwe handen. De nagels waren afgebeten en hadden rouwranden. De man was ook het huisje binnengekomen. Hij sleepte een jutezak achter zich aan. Met zijn vrije hand pakte hij het bundeltje. Die hand was ook ruw en rood met vieze nagels. Ik moest ineens aan mijn vaders sterke, schone handen denken.

'Wat mot je hier terug te kome?' vroeg hij. Hij was zo dichtbij dat ik zijn donkerrode neus kon zien en het spinnenweb van gesprongen blauwe adertjes op zijn gezicht.

'Dit was – is – mijn huisje.'

'We gelove je als we 't koopcontract zien.' Vile schraapte haar keel en spuugde op de vloer van zand, als een van de klaplopers bij de stalhouderij. Ik had nog nooit een meisje met zo'n vies gezicht gezien. Wat er zichtbaar was van haar lichaam, had een vreemde grijze tint. Ze zag me kijken, snoof en veegde haar neus af aan de rug van haar hand. 'Kijk niet so. Of heb je mammie je soms geen maniere geleerd?'

Ik voelde een blos vanuit mijn haarwortels over mijn gezicht trekken. 'Mijn ma –'

'Rot op!' zei de man, alsof ik een of andere zwerfhond was.

'Ik had geen kwaad in de zin. Echt niet.' Ik veegde mijn zweterige handpalmen af aan mijn broek. 'Luister, als u een betere plek nodig heeft of – of iets anders – mijn vader is de dominee van de congregationele kerk – hij wil graag –'

'We redde ons heel goed, heilig boontje domineeszoontje,' zei Vile. 'Heel goed. Hoor je niet wat va zei? Rot op!'

'Maar wat moeten jullie eten? D'r is hier helemaal niks.'

De ogen van de man schoten heen en weer. Dus dat was het. Ze stalen eten. Ik kon niet al te zelfgenoegzaam zijn op dat punt. Willie en ik gapten vaak appels en walnoten – dat deden alle jongens. Maar meer voor de lol, niet omdat we anders omkwamen van de honger.

Bovendien was het nog maar 5 juli. Er is zo vroeg in het jaar nog niet veel rijp in Vermont.

Op dat moment klonk uit de jutezak die de man achter zich aan sleepte een luide *tôôôk*.

Ik vergat bang te zijn. 'Asjemenou,' zei ik. 'U heeft daar een kip.'

Alsof hij me antwoord wilde geven, begon de zak rond te huppen en te roepen.

Ze gingen samen voor de plotseling levendige zak staan. Die sprong en kakelde angstig.

Ik begon te lachen. Ik kon er niets aan doen.

'Sst!' Ik wist niet of het bevel van het meisje tegen mij of tegen de kip gericht was.

'Hoe zijn jullie langs de honden van Webster gekomen?' vroeg ik.

Ze kneep haar ogen een beetje dicht. Nu was ik in het voordeel. 'Zal je ons niet verlinke?'

'Neuh. Ik ben geen klikspaan.' Ik voegde eraan toe, om hun – en mijzelf? – te verzekeren dat ik aan hun kant stond: 'Willen jullie een paar wortels en een stuk of wat aardappelen om erbij te eten?'

Het meisje keek me nog steeds wantrouwig aan, maar de man liet de halsdoek met spullen in de hoek vallen en knikte naar me. 'Vile, haal es wat water. Dat jochie ken toch nog wel fan pas kome.' Hij draaide zich om en glimlachte naar me, tenminste, ik denk dat het zijn idee was van een vriendelijke glimlach. 'Zeb's de naam,' zei hij en stak zijn grote vieze hand uit.

Ik gaf hem een hand. Om de een of andere reden wilde ik mijn naam niet zeggen, dus doopte ik mezelf ter plekke om. 'Fred,' zei ik en trok snel mijn hand uit de zijne. Maar ik vond mijn nieuwe naam mooi. Ik had altijd al graag Fred willen heten.

'Fred hier gaat wortels hale' – hij wierp me opnieuw een zalvende glimlach toe – 'terwijl ik dit kakelbeest hier een koppie kleiner gaat make.' Meteen haalde hij de kip uit de zak, pakte haar bij de nek en liet het beest boven zijn hoofd ronddraaien als een lasso in een wild-westshow.

Mijn mond viel wijd open, van ontzag of van afschuw, dat kon ik niet zeggen. 'Ik geloof niet dat ik een bijl voor u hoef mee te nemen,' zei ik bedeesd.

'Helegaar niet,' zei hij. Zijn lach liet een mond vol gaten en rottende tanden zien.

Ik nam snel de benen en vloog de heuvel af. De wintergroenten, of wat ervan over was, lagen in de kelder. Het voelde vreemd om iets te stelen wat ma me graag gegeven zou hebben als ik erom had gevraagd. Maar erom vragen zou betekenen dat ik een verklaring moest geven en een verklaring zou betekenen dat ik moest vertellen waar onze verstopplek was en dat de meest behoeftige dieven van de wereld zich daar ophielden.

Ik weet niet precies waarom ik niets over hen wilde vertellen. Vooral omdat ik er trots op ben dat ik geen klikspaan ben. Maar ik had iets over hen kunnen vertellen zonder te verraden dat ze dieven waren. Alle zwervers die in moeilijke tijden bij ons aan de deur kwamen, kregen een warme maaltijd en werk, als ze wilden. Bij mijn weten was niemand langer dan een week gebleven. Ze dachten volgens mij allemaal dat er ergens anders meer te halen viel.

Hoe dan ook, net als een spion in de Burgeroorlog hield ik de pastorie in de gaten, totdat ik ma van de keukenveranda zag stappen met haar boodschappenmand aan haar arm. Beth liep achter haar en sleepte Letty mee, die aandachtig naar iets in het gras naast de trap keek en niet veel zin had om door te lopen.

Ik wachtte tot de kleine stoet School Street uit gelopen was en West Hill Road in liep, voordat ik de heuvel af sloop. Pa en Elliot leken veilig achter in de tuin aan het werk, maar ik bleef goed opletten toen ik het huis binnensloop en de keldertrap af liep.

Onze kelder wordt rondom begrensd door enorme granieten keien, die de fundering van de pastorie vormen. Het is bijna pikdonker daar beneden – er valt, door een raampje, alleen een beetje licht op de vloer onder aan de trap. Het ruikt er bedompt, ik denk net als in een graftombe. Soms als ik hier naar beneden ga, doe ik net alsof ik de eerste archeoloog ben die een piramide binnengaat. Willie heeft daar een hekel aan. Hij vindt het griezelig.

Ik zocht op de tast mijn weg in de kelder. Ik kon de wortels herkennen aan hun vorm. In deze tijd van het jaar zijn ze uitgedroogd en een beetje bobbelig. Ze smaken vezelig, maar gekookt zijn ze best te eten, hoewel Letty ze altijd wil uitspugen. De aardappelen zijn in mei al zacht en hebben uitlopers, om maar niet te spreken over juli, maar daar was niets aan te doen. Dit was alles wat ik hun kon geven. Ik propte mijn broekzakken vol tot ze uitpuilden. Toen liep ik om de granieten muur heen naar de trap.

'Robbie? Doe je daa?'

Ik sprong op als een verschrikt konijn. Elliot stond boven aan de trap en tuurde het donker in. Ik had hem niet gehoord. Groot en onhandig als hij is, kan hij soms sluipen als een kat.

'Niks,' snauwde ik en ging de trap op. 'Niks voor jou.' Ik duwde hem aan de kant en liep door de keuken naar de deur.

'Waa ga je toe?'

'Eh – vissen.'

'Ma 'k mee, Robbie?'

Ik deed mijn best om mijn ongeduld te onderdrukken, terwijl ik mijn handen over mijn uitpuilende zakken legde. 'Later misschien,' zei ik. 'Hé, volgens mij roept pa je.'

Hij hield zijn hoofd schuin en luisterde. 'Pa heef mij gevonne,' zei hij.

'Ja, Elliot. Dat weet ik.'

'Waarom jij boos op mij, Robbie?'

Ik voelde weerzin opkomen. 'Waarom zou ik boos op je zijn?'

'Weenie. Soms be je boos, Robbie. Kweenie waarom. Was ik stout?'

Ik zuchtte. 'Nee, Elliot. Je was gewoon verdwenen. We waren ongerust.'

'Nie stout?' vroeg hij gretig.

'Nee. Je lette gewoon niet goed op waar je heen ging.'

'Pa heef me gevonne,' zei hij, en werd toen weer bezorgd. 'Pa huilde.'

'Ik weet het.'

'Was hij vedietig dat hij mij gevonne heef?'

'Nee, Elliot, hij was blij.'

'Maa hij ging huile.'

'Misschien was hij uitgeput.'

'O.' Hij leek over dat idee na te denken. Ik deed de deur naar de veranda open en begon weg te lopen.

'Nie vedwale,' riep hij me na.

'Komt goed.'

'Beloof?'

'Beloofd.'

7 Gij zult niet stelen

*D*e heuvel achter ons huis, die eigenlijk bij het land van Webster hoort, is in terrassen verdeeld door generaties koeien die eroverheen gebanjerd hebben. Zoals je je wel kunt voorstellen, vinden koeien het niet fijn om voorover van een helling af te glijden als een kind op een slee. Ze nemen graag de langste weg naar huis, dus zigzaggen ze over koeienpaden. Hoe vaak ik die heuvel ook beklim, ik moet altijd goed opletten. Maar die middag had ik het gevoel dat ik gevolgd werd en ik struikelde meer dan eens, omdat ik steeds over mijn schouder keek om te zien wat er achter mijn rug gebeurde.

Ik had er spijt van dat ik niet de tijd genomen had om de groenten in een zak of mand te doen. Het is lastig om snel te lopen als er wortels en aardappelen tegen je bovenbenen botsen en duwen. Toen ik ging rennen, glipte er een aardappel uit mijn zak en rolde van de heuvel af. Hij stuiterde op een droge koeienvlaai en rolde toen verder. Ik moest er achteraan rennen en toen ik dat deed, sprongen de meeste andere aardappelen ook uit mijn zak en volgden het voorbeeld van de eerste. Toen ik het hele zaakje opgeraapt had, of in ieder geval zo veel als ik te pakken kon krijgen, stond ik flink te hijgen. Met een slakkengangetje liep ik verder en drukte mijn handen stevig op mijn zakken. Ik zocht voorzichtig mijn weg over de koeienpaden, om de scherpste stenen heen en om de natte koeienvlaaien die het weiland sierden.

Ik kan je vertellen dat ik behoorlijk zweette toen ik de suikerahornen aan de rand van het bos bereikte. De koelte onder de bomen was meer dan welkom.

De rook had mijn neus bereikt voordat ik hem uit de schoorsteen van het huisje zag komen. De hobo's, of zwervers – ik ga ze gewoon Vile en Zeb noemen – hadden een groot vuur aangelegd. Er hing een pot met water boven het vuur. Ik denk dat ze altijd een pot bij zich hebben. Willie en ik hadden er tenminste niet een. Maar misschien waren ze op dezelfde manier aan de pot gekomen als aan de kip. Dat wilde ik hun niet vragen.

'Dat bliksemse water,' gromde Zeb. 'Koke, ho maar. De hel bevriest nog eerder. Gooi d'r wat uit, Vile. 'k Heb honger als een beer.'

'D'r moet genoeg overblijve om de kip in te douwe, va. Anders krijg je de vere d'r niet af.' Toen kreeg ze mij in het oog. 'Nou, als dat Ned niet is. 'k Had niet verwacht dat je trug zou kome.'

'Fred,' verbeterde ik haar, 'Fred. Ik zei toch dat ik terug zou komen. Kijk. Ik heb piepers en wortels meegenomen, zoals ik beloofd had.'

'Nou, da's nog es een goeie vent, ja toch, Vile?' zei Zeb, maar ik zag aan Viles gezicht dat zij mij niet erg goed vond.

Ik legde het eten op een zwartgeblakerd kozijn. Er stonden geen meubels in het huisje. Vile kwam naar me toe en keurde de rimpelige, bruine wortels en de zachte, uitgelopen aardappelen. Ze snoof minachtend.

'Iets beters hebben we niet,' zei ik stekelig. 'De nieuwe wortels zijn nog niet klaar en pa haalt pas nieuwe aardappels uit de grond als we ze nodig hebben.'

'Volgens mijn vin je die te lekker voor ons soort mense.'

'Kop dicht, Vile,' zei de man. 'Dat jochie heb gedaan wat-ie kon.'

Ze haalde haar neus op, maar richtte toen haar aandacht op het vuur. Eindelijk begon het water te bruisen en te borrelen. Zeb pakte de kip bij haar gele poten en duwde haar – glazige ogen, hoofd en gebroken nek eerst – in het kokende water tot haar hele met veren bedekte lijf ondergedompeld was. Toen gaf hij de natte kip aan Vile. Ze nam het dier mee naar buiten en begon de veren eraf te plukken.

Ik wachtte tot Zeb het vieze water waarin ze de kip gedompeld hadden, zou weggooien, maar nee. Zeb pakte de pot van de haak en zette hem op de haard, zodat het water niet helemaal zou verkoken. 'Wordt het nog wat met die piepers, Ed?' vroeg hij. 'Of ga je alleen wat stom staan te kijke?'

Ik stak mijn hand in mijn zak. Toen herinnerde ik me dat ik tijdens het middageten een andere broek had moeten aantrekken. 'Ik heb m'n zakmes niet bij me,' zei ik. Hij pakte iets van de schoorsteenmantel en wierp het me toe. Ik sprong opzij en hij lachte me uit. Het was een groot knipmes met een hoornen heft. Ik verborg mijn rode hoofd door me te bukken en het mes op te rapen. Toen ik het lemmet eruit trok, zag ik dat het roestig was en bedekt met een korst van vuil. Ik veegde het heen en weer langs mijn broek en daar moest hij opnieuw om lachen. Het was een onhandig mes om mee te schillen. Ik sneed samen met de schil hele stukken aardappel weg.

'D'r blijft niks fan die piepers over als je zo doorgaat,' zei Zeb.

Vile stak haar hoofd om de deur en keek een poosje naar me. 'Hier,' zei ze en gaf haar vader de kip, 'maak jij dit maar af. Ik schil wel.' Ze pakte het mes uit mijn hand. 'Jij schilt als een kerel,' zei ze, terwijl ze de klus even handig klaarde als ma. 'Geef me die wortels.'

Ik gaf haar de oude, bobbelige wortels.

'Nog erger dan die piepers.'

'Ik zal ze wel even wassen,' zei ik en stoof naar de bron voor ze me kon tegenhouden.

Op de plek van de bron die in juli meestal met kracht door de aarde heen borrelde, was nu alleen maar een klein stroompje water en een kleine modderpoel. Gewoonlijk stroomde het water omlaag naar de beek die zich ten zuiden van het stadje bij de North Branch voegde. Hoe zouden Vile en Zeb zich in leven kunnen houden als de bron helemaal opdroogde? Ik maakte de wortels zo goed mogelijk schoon. Ze zagen er niet veel beter uit – nog steeds bruin en bultig. Maar dat konden ze mij niet kwalijk nemen. Ik bleef een poosje bij de bron dralen, waste mijn gezicht en mijn handen, ging op mijn knieën zitten en hield mijn mond bij het stroompje om water te drinken. Vile moest een jobsgeduld hebben om een hele pan te vullen.

Toen ik terugkwam bij het huisje, hadden ze de hoop dat ik zou terugkeren al opgegeven. 'Dacht al dat je die waardeloze wortels gepikt had en de bene had genome,' zei Zeb.

'Neuh. Trug naar zijn mammie, netuurlijk,' zei Vile.

Ik negeerde haar en gaf Zeb de wortels. Hij gooide ze in de pot, met een beetje loof er nog aan en met schil en al. De pot stroomde haast over van het schuim. Ik wist niet of ze de kip wel leeggehaald hadden. Ze hadden de kop en de poten er in elk geval niet afgehaald. Ik wendde mijn blik af. Ik wilde niet naar die glazige ogen kijken die me vanuit de pan aanstaarden. Het was net een kannibalenstoofpot.

'Tja,' zei ik zo nonchalant als ik kon, 'wij hebben vanavond een gebedsbijeenkomst. Ik kan maar beter gaan. Het spijt me dat ik niet kan blijven eten.'

'Heb er iemand je uitgenodigd?' snauwde Vile.

Ik was van plan uit de buurt van het huisje te blijven. Willie en ik hadden meer dan genoeg andere dingen te doen. Maar Willies tante werkte niet mee. Telkens als ik de week erna bij Willie langsging, bedacht ze een of ander klusje voor hem. Ik denk dat ze Willies ziel wilde behoeden voor doodsgevaar; ledigheid is immers des duivels oorkussen. Ik was het zoontje van de dominee, dus ze zei het niet rechtstreeks, maar ik kreeg sterk de indruk dat ze mij beschouwde als een uitstekende kandidaat voor de loonlijst van de duivel.

Ik was voor de vierde keer *Ontvoerd* aan het lezen, wat aan het begin van de dag een prima bezigheid was. Maar in de loop van de dag wordt het in de slaapkamer, die op de tweede verdieping is en grote ramen op het zuidwesten heeft, zo heet als in Hades. Als ik naar beneden ging, leek ma altijd een klusje voor me te moeten verzinnen. Het siert haar dat ze me nooit 'Ledigheid is des duivels oorkussen' voorhoudt, maar het resultaat is hetzelfde. Ik moet heel even op Letty passen, terwijl zij een boodschap doet. Of ze vraagt of ik met Elliot wil vissen. Of ze oppert, als pa uit de studeerkamer opduikt, dat hij wel een helpende hand in de tuin kan gebruiken.

Om eerlijk te zijn, denk ik niet dat pa het fijn vindt als ik hem help in de tuin. Volgens mij geeft hij de voorkeur aan Elliot, die er tevreden mee is precies te doen wat hem opgedragen wordt en die geen vragen stelt. Soms kijk ik naar pa die onkruid uit de tuin rukt en dan vraag ik me af of hij elk onkruid de naam van een lastig gemeentelid gegeven heeft. Het geeft hem erg veel voldoening om die planten uit de grond te trekken en het zand van de wortels te kloppen. Voor een man die het nauwelijks kan verdragen een kind een pak slaag te geven, lijkt hij behoorlijk te genieten van het mishandelen van dat onkruid.

Ma zegt dat mijn fantasie met me op de loop gaat, maar volgens mij verbeeld ik me dit niet. Op een maandagochtend zag ik dat hij aan een echt koppig stuk onkruid stond te trekken en bijna omviel toen het loskwam uit de aarde. Terwijl hij het hard tegen de grond sloeg om het zand eraf te kloppen, zei ik, onschuldig als een pasgeboren lam: 'Ouderling Slaughter was nijdig, hè, dat u voor de Filippijnen bad.' Zijn gezicht werd zo rood als een zonsondergang in de winter. Ik kan een schuldig gezicht uit duizenden herkennen. En ik zag aan zijn gezicht dat hij zich schuldig voelde. Maar het is net alsof schuldgevoel zich niet lijkt thuis te voelen op pa's gezicht. Het sluipt er ongemakkelijk op rond, alsof zelfs schuldgevoel weet dat dit een man is met een zuiver hart – maar wel een man die over zijn grenzen geduwd is.

De politiek bezorgt pa al een tijdje moeilijkheden. Eerst was er de oorlog in Cuba, om een eind te maken aan de Spaanse overheersing. Pa was niet zo pienter om die oorlog niet openlijk in twijfel te trekken. Ik kon ouderling Slaughter in dit geval eigenlijk geen ongelijk geven. Als jongens uit Vermont hun eigen doodsvonnis tekenen, moeten zelfs dominees vaderlandslievende woorden spreken.

Maar pa werd echt nijdig toen president McKinley besloot dat we, nu we toch bezig waren in Cuba, evengoed de Spanjaarden Azië uit konden jagen. Dus stuurde de president admiraal Dewey, die wat rondlummelde op de Stille Oceaan, naar de Filippijnen. Een paar maanden later begonnen die Filippino's, voor wie onze slagschepen op weg gegaan waren, tegen te spartelen en ze probeerden van ons af te komen. Admiraal Dewey, een rechtgeaarde Vermonter, die zijn best deed voor de nationale vlag, om nog maar niet te spreken over het einde van de Spaanse overheersing, moest ineens vechten tegen de mensen die hij had willen redden. En mijn vader bad ineens voor de Filippijnen.

Ook al durfde ik hem niet rechtstreeks te vragen waarom hij bleef bidden voor een einde aan de ellende van de Filippino's, ik denk dat hij het idee had dat hij me een verklaring schuldig was.

'Ze willen gewoon hun vrijheid terug, Robbie. Amerikaanse geweren verschillen in hun ogen waarschijnlijk niet zo veel van Spaanse geweren.'

Maar ze zijn juist héél verschillend. Ik bedoel, wij zijn Amerika – het land van de vrijheid en de thuishaven van de dapperen. Toen dacht ik aan de slavernij en de Burgeroorlog. Maar het was alleen het Zuiden dat verkeerd zat. Veel jongens uit Vermont vochten en stierven om de slaven te bevrijden. Gelukkig was pa te jong om dominee te zijn in díe oorlog. Hij zou waarschijnlijk gebeden hebben voor de soldaten van het confederale leger.

Na een poosje hield ik het niet langer uit. 'Maar ik begrijp het niet, pa. Waarom moet u bidden voor onze vijanden?'

Zijn gezicht was nu vuurrood, maar hij keek me recht in de ogen. 'Omdat de Heer me dat opgedragen heeft.'

Daar had ik niet van terug. Jij wel? Pa is niet zo'n dominee die opschept dat hij een rechtstreekse telegrafieverbinding met de hemel heeft. Als hij tegen je zegt: 'De Heer heeft me dat opgedragen,' kun je daar niets tegen inbrengen, ook al zou je willen. Je weet dat hij geen man is voor grootspraak.

Hoe dan ook, dat gebeurde allemaal een tijd geleden. Mijn aandacht ging nu uit naar het heden. Het was een perfecte middag in juli. Als ledigheid des duivels oorkussen was, zwaaide de duivel nu met zijn vlag, sloeg op de trommel, blies op de trompet om iemand als ik te rekruteren; een jongen die niets te doen had op een lome zomermiddag.

Ik dacht erover om naar de boomgaard van de Websters te gaan om een paar groene appels te jatten. Maar er is geen lol aan om in je eentje appels te stelen. Er moet iemand zijn die op wacht staat en iemand om naar de bomen te sluipen, iemand om mee te giechelen en iemand om tegen te roepen dat je bijna gesnapt was, iemand om tegen te zeggen dat ze zo lekker zijn – die harde, zure kleine stenen waarvan je tranen in je ogen krijgt en je mond samentrekt. Als ma ze bij het eten zou opdienen, zouden we zweren dat ze ons wilde vergiftigen.

Het had geen zin om tegen ma te klagen dat ik niets te doen had. Ze zou beslist een oplossing weten. En ik had geen zin om met Elliot te gaan vissen. Hij had voorlopig genoeg aandacht gehad. Of ze zou het in haar hoofd halen te opperen dat ik eens iets anders moest lezen dan een roman – een boek waarvan ik iets kon leren. Nou, je weet dat ik van lezen houd, maar op het moment dat iemand suggereert dat lezen goed voor me is, krijgt het mooiste boek van de wereld de smaak van wonderolie. Ik heb nooit zin om iets te doen waarvan ik slimmer word. En in juli is die gedachte zelfs regelrecht misdadig.

Ik slenterde naar de veranda, waar de meeste oude kranten opgestapeld liggen, en bekeek de advertenties voor fietsen, om een beetje te dagdromen. Niet dat het iets zou helpen. Ik liet pa de advertentie van vorige week zien, waarin stond dat Nichols de fietsen weggaf, en hij lachte alleen maar. 'Nichols denkt dat twintig dollar vragen hetzelfde is als weggeven,' zei hij. Pa verdient minder dan negentig dollar per maand. Als het moeilijke tijden zijn (en de tijden leken altijd moeilijk te zijn) krijgt pa het meeste van zijn salaris uitbetaald in landbouwproducten. Daar kun je niets aan doen als je dominee bent, maar ik nam niet aan dat Nichols een lading keldergroenten van vorig jaar zou willen ruilen voor een nieuwe of gebruikte fiets. Maar goed, dromen kosten niets.

Als ik begin aan een pagina, heb ik de neiging hem op te eten als een zuurstok. Het maakte me niet uit dat de *Tyler Times* die ik las drie weken oud was. Er was niets veranderd in het honkbal. Boston streed nog steeds met Brooklyn om de eerste plaats. God zorgt ervoor dat je fan wordt van Boston, alleen maar om je geduld en uithoudingsvermogen bij te brengen. Of om je te laten lijden. Een van die twee. Er komt geen greintje plezier aan te pas. Marion Clark 'die in de armen van haar kindermeisje verdween' werd nog steeds vermist, net als het kindermeisje zelf. Maar in dit exemplaar van de *Times* werd een beloning in het vooruitzicht gesteld. Kennelijk hadden ze daar in New York 3500 dollar weten in te zamelen. Drieduizend en vijfhonderd dollar!

Opeens was ik klaarwakker. Ik begon me snel door de volgende stapel kranten heen te werken. Ik moest weten of de beloning nog steeds niet uitgekeerd was. Ik bedoel, het was mogelijk dat het zogenaamde kindermeisje zich op dit moment schuilhield in Leonardstown. Dat was de perfecte schuilplaats. Hier kwam nooit iemand uit New York. De meest recente kranten lagen niet op de veranda, maar er was nog een stapel kranten in de houtkist naast het fornuis.

Ik bladerde er met trillende handen doorheen. Hè, jammer. Ze hadden Marion Clark amper een week geleden teruggevonden en naar haar treurende geliefden gebracht. Iemand had het fortuin al opgeëist. Maar, hé, er was nog iemand ontvoerd. New York was maar een gevaarlijke stad. Deze keer een jongen. Het scheen dat hij gewoon bij zijn ouders was weggelopen. En even later werd er duizend dollar losgeld geëist. Er was blijkbaar geld te verdienen in de ontvoeringshandel.

Als er nu iemand in Leonardstown zou zijn die zich wilde laten ontvoeren, dan was ik degene die hem zou opsporen. Wauw! Vergeet die fiets maar. Ik zou een hele verzameling automobielen kopen! Het was niet mijn bedoeling zelf iemand te ontvoeren. Wie wilde er nu op het rotkind van iemand anders passen en ondertussen wachten tot het losgeld betaald werd? Trouwens, ik was nog niet lang genoeg apeïst om een misdaad te plegen die de Tien Geboden in die mate overschreed. Als je gepakt werd, zou je waarschijnlijk opgehangen worden. En als je niet opgehangen werd, zou je de rest van je leven in de gevangenis moeten slijten. Ik sloeg de pagina om en begon weer naar de advertenties met fietsen te kijken.

Die avond kon ik niet slapen. Mijn kamer op de tweede verdieping was warm en bedompt, maar in het huisje was het waarschijnlijk koud en pikdonker. Er zou tot morgenavond zelfs geen schijfje maan te zien zijn. Die haveloze dekens waren alles wat ze hadden om zich mee toe te dekken. Ik had tegen hen moeten zeggen dat ze een paar dennentakken of bladeren op de vloer moesten leggen.

Waar kwamen ze vandaan? Waren ze ooit respectabele stedelingen geweest die in een kerkbank van de congregationele kerk zaten of in een vergadering opstonden om het woord te voeren? Ik kon het me nauwelijks voorstellen. Maar toch, ze hadden zich niet altijd met zijn tweeën in een verlaten huisje verscholen. Vile leek ongeveer van mijn leeftijd; tien, of hoogstens elf jaar oud. Ze was ergens geboren. Ze had ooit een moeder gehad. Ik probeerde me een vuile, haveloze vrouw voor te stellen en zette haar tussen hen in. Ik huiverde, ondanks de hitte die de dag in mijn kamer achtergelaten had. Ik trok mijn zomerdeken op en kroop er diep onder.

Vile was van Violet. Hoe was ze van een bloem veranderd in viezigheid? Ik had nog nooit iemand gezien die zo arm was. Het armste kind in Leonardstown had in elk geval een dak boven zijn hoofd en ging naar school. Zelfs de kinderen van wie de vader jong gestorven was door het werk in de steengroeve en van wie de moeder te veel kinderen had en geen inkomen, konden op het stadje rekenen. Het stadje zorgde ervoor dat je onderdak en eten had. Misschien moest je naar het armenhuis, maar dat was nog altijd beter dan wat Vile en Zeb hadden.

Ik mocht dan een gewetenloze apeïst zijn die de geboden niet hoefde te gehoorzamen, maar dat betekende niet dat ik alle menselijke gevoel kwijtgeraakt was. Ik besloot Vile en Zeb ervan te overtuigen naar ons stadje te komen. Pa zou hen helpen. Wat voor werk zou Zeb kunnen doen? Hij leek niet slim genoeg om in de groeve of de schuren te werken. Het zou misschien het armenhuis moeten worden, voor een tijdje in ieder geval. Waarom waren ze te trots om naar het armenhuis te gaan? Ze hadden zich illegaal in een verlaten huisje gevestigd en stalen hun eten. Was het armenhuis niet beter dan de gevangenis? Want daar zou Zeb zeker eindigen als hij een kip te veel jatte. Hij was niet al te slim. De politie zou hem gauw genoeg te pakken krijgen.

Ik sliep niet erg lekker. Toen ik in slaap viel, begon ik meteen te dromen. In de droom had ik geen pa en ma meer. Ik woonde bij Zeb en Vile. Ze stuurden me uit stelen omdat ik slimmer was dan Zeb en omdat Vile een meisje was.

De avond was warm en drukkend, terwijl ik naar het kippenhok van meneer Webster kroop. Het was zo stil dat ik mijn eigen luide ademhaling kon horen. Maar toen, net op het moment dat ik een kip pakte, begonnen alle kippen te kakelen, de hond begon te blaffen en meneer Webster kwam schreeuwend het huis uit met zijn geweer.

'Niet schieten!' Ik huilde tranen met tuiten. 'Ik ben het maar, Robbie Hewitt!'

Meneer Webster keek me schuin aan. Het was duidelijk dat hij me niet herkende. Hij richtte en zuchtte.

'Meneer Webster!' schreeuwde ik. 'Ik ben het, Robbie Hewitt, de zoon van de dominee!'

Ik hoorde de knal van het schot. Alles werd zwart. Toen voelde ik hoe een warme, dikke vloeistof over mijn borst sijpelde en zich verspreidde. Ik wist dat ik dood was.

Ik ging rechtop in bed zitten. Ik kreeg haast geen lucht. Ik wilde de trap afhollen, naar de slaapkamer van pa en ma, en bij hen in het grote bed kruipen, maar dat kon niet. Ik was bijna elf jaar.

Het was maar een droom, zei ik tegen mezelf. Alleen maar een akelige droom. Ik dwong mezelf weer te gaan liggen. Was het een waarschuwende droom, zoals in de Bijbel? Het kwam voor dat mensen in dromen werden gewaarschuwd. Misschien betekende mijn droom dat ik niet meer bij het huisje in de buurt moest komen. Dat ik niet betrokken moest raken bij mensen als Zeb en Vile. Dat was het. Ik bleef uit hun buurt, dan konden ze mij geen kwaad doen. Ik legde mijn hand op mijn hart tot ik voelde dat mijn hartslag weer normaal was. Toen draaide ik me om en viel ten slotte weer in slaap.

8 Gij zult niet doodslaan

De volgende dag hielp ik Willie met zijn klusjes. Ik merkte dat hij verbaasd was over mijn plotselinge aanval van ijver, maar hij stelde geen nieuwsgierige vragen, om me niet weg te jagen. Zelf ging hij hout kloven. Hij zei dat het te lang zou duren als ik het deed en dat ik het ook niet gelijkmatig genoeg zou doen. Hij liet me onkruid wieden in het wortelbed. We hadden dringend regen nodig. De grond was zo hard en droog dat het meeste onkruid bij de grond afbrak.

'Volgens mij moeten we deze groenten wat water geven,' riep ik naar Willie.

'Kan niet,' riep hij terug. 'Te weinig water in de bron.' Hij had gelijk. Het zou erger zijn om geen drinkwater te hebben en geen water om mee te koken, dan om een paar wortels minder te hebben. Hij zwaaide met de bijl en spleet een stuk hout keurig doormidden. Hij zette een helft rechtop en spleet die ook weer.

'Hé,' zei ik, terwijl ik naar hem toe liep. 'Zullen we naar het meer lopen en een duik nemen als je klaar bent?'

Zijn ogen lichtten op. 'Sst,' waarschuwde hij. 'Laat tante Millie het niet horen.'

We namen onze hengels mee om net te doen alsof we avondeten mee naar huis zouden kunnen nemen. Maar toen we eenmaal uit het zicht waren, legden we ze aan de kant van de weg en vlogen de heuvel af naar Main Street. Toen gingen we naar het zuiden, naar Cutter's Pond Road, en daarna liepen we de velden aan de voet van de oostelijke heuvels in.

De geur van de zomer, ook al is die droog en stoffig, is parfum voor de neusgaten van een jongen. De weilanden met gras en zelfs koeienmest… de velden met hooi… het stof dat op straat omhoog dwarrelde onder onze blote voeten.

'Wacht.' Willie hijgde en hield zijn hand tegen zijn zij. 'Ik heb een steek.'

'Watje!' riep ik en rende door. Ik had weliswaar vanochtend geen stapel hout gekloofd, maar ik zou hoe dan ook doorgerend zijn. Hoe harder ik rende, hoe eerder ik de demonen achter me kon laten die me al dagen op de hielen zaten. Geen Zeb meer. Geen Vile meer. Geen dominee Pelham of ouderling Slaughter meer. En geen Elliot meer.

Als ik lang genoeg was blijven stilstaan om rustig na te denken, zou ik me geschaamd hebben, maar ik bleef niet stilstaan – ik liet mijn zongebruinde blote voeten neerkomen op het zand tot ze verdwenen in het stof.

Ik rende niet de hele tweeënhalve kilometer. Dat was die dag zelfs voor mij te ver. Maar ik was veel eerder dan Willie bij het meertje. Ik liet me op de grote platte rots aan de zuidkant van het meer vallen. Die rots was van ons, jongens, omdat we hem veroverd hadden. Ik ging op mijn rug liggen en liet de zon op mijn gezicht branden. Mijn armen en benen zonken weg en ik sliep bijna toen Willie, met zijn hand tegen zijn zij, aan kwam zwoegen. Hij hijgde zo erg dat ik hem nauwelijks kon verstaan, maar hij kwetterde als een blauwe gaai en verzon allerlei smoesjes waarom hij me niet had kunnen bijhouden. Ik bleef liggen, mijn gezicht was warm en mijn lichaam rustig als het oppervlak van het meer. Heel even had ik het gevoel dat het leven goed was.

Een poosje later, toen Willie gekalmeerd was, trokken we onze kleren uit en doken in adamskostuum van de rots af. Het water was koud tegen onze warme huid, op een prettige, verkwikkende manier. Ik draaide me op mijn rug en spuugde als een walvis een mondvol water de lucht in. Toen bleef ik gewoon een beetje ronddrijven, ik vergat zelfs me uit te sloven, en had het gevoel dat ik een wolk was die loom in de blauwe lucht dreef.

Een hele tijd later klommen we weer op de rots en vielen in de zon in slaap.

'Hé, jullie daar! Lekker geslapen?'

We schrokken allebei wakker en wilden onze kleren bij elkaar graaien, maar die lagen er niet meer. Midden in het meer waren Tom en Ned aan het watertrappelen. Ze peddelden met hun ene hand en met de andere hielden ze iets in de lucht. 'Zoek je deze?' riep Tom en zwaaide met iets wat op Willies overhemd en broek leek. Ned lachte en zwaaide met de mijne.

'Waag het niet!' schreeuwde ik. Willie bleef niet staan om te schreeuwen, maar dook het water in en zwom zo snel hij kon naar Tom Weston. 'Waag het niet!' riep ik nog een keer, voordat ik het water in dook.

'Nanananana.' Ned zwaaide met mijn kleren en voordat ik halverwege was, draaide hij zich om en smeet zijn bundeltje zo ver de andere kant op als hij kon. Tom gooide zijn bundeltje ook weg, maar Willie was al bijna bij hem en hij pakte zijn overhemd en broek voor ze zonken. Willie droeg in de zomer geen ondergoed. Hij zwom terug naar de oever, gooide zijn doorweekte kleren op de rots en hielp me toen de mijne te zoeken.

Ik was naar de plek gezwommen waar Ned ze naartoe gegooid had. Er was niets te zien, zelfs geen ondergoed. Ik dook steeds opnieuw naar beneden. Telkens als ik aan de oppervlakte kwam, hoorde ik Neds 'nanananana'. Tom en Ned gilden allebei van het lachen.

'Laat ze maar, Robbie,' zei Willie. Ik denk dat hij aan mijn gezicht zag dat ik witheet was.

Na een poosje gaven we het op. Het had geen zin om door te gaan. Het meer was in het midden minstens negen meter diep. 'Jij kleine rat!' schreeuwde ik tegen Ned.

'Waar heb je kleren voor nodig, Robbie? Je bent toch een apenjong?'

Tom begon te lachen. 'Dat denkt zijn pappie tenminste!'

'En zijn broer is het bewijs!' Toen begon Ned te zingen: 'We e vien is onne Jezus! Die in onne plaas wil saan!'

'Kop dicht, Ned!' riep ik. 'Kop dicht!'

'Apenjong! Apenbroers! Apenpapa! Apenjongens…'

Mijn bloed kookte nu. Ik zwom als een razende naar Ned Weston en duwde hem met zijn hoofd onder water. Hij sloeg wild met zijn armen. Tom en Willie schreeuwden. Maar ik liet niet los.

Willie kwam op ons af en riep: 'Hou op, Robbie!'

Ik duwde Neds stomme hoofd dieper onder water.

Willie trok mijn hand weg en duwde me aan de kant. Toen Ned proestend aan de oppervlakte kwam, nog steeds wild met zijn armen zwaaiend, haakte Willie zijn arm om Neds hals en hield hem boven water. Tom, die er bang en verdwaasd uitzag, zwom naar hen toe. Niemand zei een woord. Willie keerde me de rug toe en ging, met Ned op sleeptouw, naar de oever. Tom zwom hen achterna.

Ik keek van een afstand toe hoe ze Ned aan land hielpen. De jongens van Weston trokken hun broek aan en gingen op weg naar huis, ondertussen hun overhemden dichtknopend. Willie trok zijn eigen drijfnatte kleren aan en keurde de plek waar ik aan het watertrappelen was geen blik waardig. Het duurde even voor het tot me doordrong. Hij was van plan mij hier poedelnaakt achter te laten.

'Hé!' riep ik en ploeterde naar de oever. 'Willie, wacht!'

Hij keek over zijn schouder naar me. De uitdrukking op zijn gezicht beviel me niet.

Ik klauterde uit het water. Ik was me er nog nooit in mijn leven zo bewust van geweest dat ik naakt was. 'Ik had hem heus niet doodgemaakt. Dat weet je wel.'

'Hoe kon ik dat weten?' vroeg hij, zo zacht dat ik hem nauwelijks kon horen.

'Wat? Kom op, Willie. Je kent me toch.' Ik had overal kippenvel. 'Je denkt toch niet dat ik…?'

Hij keek me aan – een mengeling van woede en pijn op zijn gezicht. 'Hoe kun je weten wat iemand gaat doen? Iemand die zich niks van de Tien Geboden hoeft aan te trekken?'

Ik stond daar in mijn blootje te rillen in de zon, met mijn mond wijd open. 'Willie, je kent me toch,' protesteerde ik. Maar ik kende mezelf niet. Ik was verlamd van schrik. Ik had Ned Weston wél willen vermoorden. Ik kon het ontkennen tot de dag waarop ik zou sterven, maar ik wist dat ik een waas van woede voor mijn ogen had gehad, die me verbond met alle moordenaars uit de geschiedenis, van Kaïn tot Jack the Ripper.

'Maar,' zei Willie, 'ze hadden niet mogen spotten met Elliot, en al helemaal niet met je pa.'

Ik bewoog mijn hoofd instemmend, maar durfde hem niet aan te kijken.

'Hoe moet je ooit naar huis – zó?'

Een snelle blik verzekerde me ervan dat hij niet lachte. Ik had het kunnen weten. Willie is veel te aardig om iemands ellende nog groter te maken. 'Hier,' zei hij, terwijl hij zijn overhemd losknoopte. 'Je wordt blauw. Doe in ieder geval dit aan.' Hij gaf me zijn overhemd. Willies overhemd reikte nauwelijks tot mijn edele delen, maar het was beter dan niets.

'Wat moet ik doen?' vroeg ik hem neerslachtig. Hij dacht dat ik bedoelde dat ik bloot was, maar ik bedoelde veel meer dan dat.

'De ijskelder,' zei hij. 'Daar kun je wachten tot ik kleren kom brengen.'

Pa en ma. Ik dacht dat de moed me al in de schoenen gezonken was, maar die bleek nog een stuk dieper te kunnen zinken. Hoe zouden ze reageren? Ze zouden het snel genoeg weten. Meneer Earl Weston was waarschijnlijk al op weg naar ons huis, maar – 'Ik wil niet dat mijn ouwelui...'

'Rustig maar, Robbie,' zei Willie vriendelijk. 'Ik ben niet zo dom als jij denkt.'

Ik wilde het ontkennen, maar hij had gelijk. Ik dacht inderdaad dat ik slimmer was dan hij. Ik geloof dat ik dacht dat ik zo ongeveer de slimste jongen van Leonardstown was. En kijk wat het me opgeleverd had – ik stond in mijn blote achterste te blozen als een meisje. En ik schaamde me als Judas Iskariot.

De ijskelder bevindt zich aan de noordkant van het meertje. Elke winter zagen de ijshouwers blokken ijs uit en slaan die op in de ijskelder. Het ijs wordt opgestapeld in een put in het midden van het houten gebouwtje en elke laag ijs wordt bedekt met zaagsel. Als het zomer is, verdienen ze een vermogen met het verkopen van ijs aan de mensen in Leonardstown.

Er waren geen ramen in het houten schuurtje, er was alleen een deur. Die was niet op slot. Willie en ik gingen naar binnen. Nu begon ik pas echt te rillen. In het licht dat door de deuropening viel, zag ik dat er een splinterig bankje stond waar de tangen en pikhouwelen en ijszagen onder hingen. Het gaf me het gevoel dat ik in een slagerij stond, meer als vlees dan als klant.

'Ik heb mijn overhemd nodig.'

'Wat?'

'Sorry, Robbie, maar ik kan niet halfnaakt door de stad lopen.'

Hij had uiteraard gelijk, maar ik vond het afschuwelijk dat ik de bescherming die het overhemd bood, moest opgeven. Ik trok het uit en gaf het hem. 'Wel gauw terugkomen, hè.'

'Zo snel als ik kan,' beloofde hij. Hij trok de deur achter zich dicht; het was pikdonker om me heen. Ik liep voorzichtig langs de wand naar het bankje. Ik wilde niet per ongeluk in de ijsput vallen. Ik tastte naar de tangen en pikhouwelen en vond toen een stukje lege muur waar ik veilig tegenaan kon leunen. Het splinterige bankje zag er niet uitnodigend uit voor blote billen.

Buiten riep een vogel en een andere antwoordde. Ze klonken gelukkig en levendig. Ik werd moe van het leunen. Bovendien was de wand ruw en het gevaar dat ik een splinter in mijn vel kreeg was even groot als bij het bankje. Ik ging voorzichtig op de koude aarden vloer zitten, maar stond al snel weer op. Het grootste deel van de tijd stond ik van de ene voet op de andere te wiebelen. Tijd had geen betekenis in het donker. Zelfs toen mijn ogen gewend raakten aan het donker en ik door de kieren in de wand een beetje daglicht kon zien, bleef ik het gevoel houden dat ik voor altijd in die donkere kerker opgesloten was. Ik durfde de deur niet open te doen. Stel je voor dat er nog meer jongens gingen zwemmen. Stel je voor dat meneer Weston de sheriff op pad gestuurd had om me op te pakken. Stel je voor dat pa me kwam zoeken.

Ik probeerde nergens aan te denken. Alle gedachten die in me opkwamen, maakten me misselijk. Wat bedoelden de jongens van Weston toen ze pa en Elliot apen noemden? Beschuldigde hun vader pa ervan in de evolutietheorie te geloven? Ja, ik kende dat woord. Geloven dat de mens niet door God geschapen was op de zesde dag, maar dat hij afstamde van de apen, was het ergste wat er bestond, ook als je geen dominee was.

Zelfs voor iemand die besloten had niet in God te geloven – zelfs voor een erkende ongelovige als ik – was het idee dat je een aap als voorouder had walgelijk. Dat hun gezicht op dat van mensen leek, betekende toch zeker niet dat we familie waren? Een lijster en een gier hebben allebei vleugels, maar dat maakt ze nog geen directe familie.

Die jongens vonden het gewoon heerlijk om me te pesten. Maar om me ermee te pesten dat mijn pa zo dom en goddeloos was om de mogelijkheid te overwegen – en arme Elliot als bewijs aan te voeren – ook al was het als grap bedoeld… Dat konden ze niet maken!

Goeie help. Ik had Ned Weston bijna vermoord… Mijn ademhaling werd onregelmatig. Ik had het tegelijkertijd steenkoud en bloedheet. O, Willie, smeekte ik, schiet op. Alsjeblieft. Ik wilde dat donkere schuurtje uit, ook al kon ik nergens anders heen. Ik had kleren nodig. Maar dan – als ik mijn kleren aangetrokken had – wat dan? Het was niet alleen de angst voor meneer Weston of de sheriff. Het was pa. De schande die ik hem bezorgde. Mabel Cramms onderbroek was niets vergeleken…

Klopklopklop. Wie klopte daar in vredesnaam? Ik bukte en maakte me zo klein mogelijk; mijn ademhaling was zo luid dat ik zeker wist dat die me zou verraden.

De deur werd voorzichtig een paar centimeter opengeduwd. Ik wachtte; mijn ogen waren gericht op de donkere gestalte achter de kier.

'Robbie? Jij daa?'

Elliot? Wat deed hij hier? Ik was woedend. Waar was Willie mee bezig – om Elliot erbij te betrekken?

'Robbie?' riep hij opnieuw met zijn zachte, onzekere stem, terwijl hij de deur wijd genoeg openduwde om zich naar binnen te wurmen. Hij liep verder.

'Pas op!' Ik sprong op en pakte hem beet. Ik wilde niet dat hij in de ijsput stapte.

'Robbie! Je laa me schikke!'

'Blijf bij de deur staan,' droeg ik hem schor op en keerde terug naar mijn plekje in het donker. 'Er zit een groot gat in de vloer.'

'Goe,' fluisterde hij en knipperde als een uil met zijn ogen. 'Jij bloot, Robbie,' zei hij ten slotte.

'Niet staren,' zei ik. 'Dat is onbeleefd.'

'Sorry, Robbie. O.' Hij stak een bundeltje naar voren. 'Willie zei da ik klere naa jou moes brenge?' Zijn stem ging omhoog, alsof hij een vraag stelde.

Ik deed een stap naar voren om de kleren aan te pakken. Mijn huid glom wit in het licht dat door de deuropening naar binnen viel.

'Jij éch bloot,' zei hij.

'Geef me die kleren, Elliot, en hou op met gluren, oké?'

'Sorry, Robbie,' zei hij en haalde zijn druppende neus op.

'Waar is Willie?' vroeg ik, terwijl ik me zo snel als ik kon aankleedde. 'Waarom bracht híj de kleren niet?'

'Menee Wesum kam aan de deu. Willie zei hij moes naa huis. Hij zei da ik klere naa jou moes brenge.' Hij keek trots op, maar sloeg zijn ogen weer neer toen hij zag dat ik nog bezig was mijn broek dicht te knopen. 'Ik he jou gevonne, hè? Helemaa zef, hè?'

'Ja, Elliot.'

'Was da goe?'

'Ja, Elliot.'

Hij stond weer naar me te staren, met half dichtgeknepen ogen vanwege het donker, maar ik maakte geen bezwaar, omdat ik bijna aangekleed was. 'Wa is gebeud?'

'Hoe bedoel je "wa is gebeud?" Ik ben mijn kleren kwijt. Dat is er gebeurd.'

'Hoe?'

Ik weet niet waarom ik het zei. Dat zweer ik. Ik denk dat ik gewoon geïrriteerd was en boos en – bang. Ja, dat ook. 'Een paar ontvoerders kregen me te pakken.'

'Wa?'

'Ontvoerders. Die stelen kinderen. Ze dachten dat ik niet weg kon lopen als ze mijn kleren afpakten.'

Zijn ogen waren nu groot en schoten heen en weer. Hij keek spiedend rond of de schurken zich in het donker schuilhielden. 'O, Robbie,' zuchtte hij. 'Da's veseluk.'

'Ja,' zei ik. 'Vreselijk.'

'Egge dan weg zijn.'

'Ja,' stemde ik in. 'Want ontvoerders kan het niks schelen wat ze met je doen, als ze hun geld maar krijgen.'

'Wa voo gel?'

'Het losgeld. Je familie en vrienden moeten een heleboel geld betalen om je veilig terug te krijgen.'

'O, Robbie,' zei hij met zijn kleinejongetjesstem. 'Maa nu kom alles goe. Ik brengde jou klere. Je kan wegrenne naa huis.'

'Zo gemakkelijk is het niet, Elliot,' zei ik treurig. 'Zo gemakkelijk is het niet.'

'Nee?'

'Nee. Weet je, ze hebben me gehypnotiseerd.'

'Gehiepo...?'

'Gehypnotiseerd. Dat betekent dat zij de baas zijn over mijn gedachten. Het... nou, het is nu niet veilig voor me als ik naar huis ga.'

'Nee?' Hij keek opnieuw de ijskelder rond. 'Robbie,' fluisterde hij, 'ik ben ban.'

'Maak je geen zorgen, Elliot. Ze hebben geen macht over jou. Jij moet snel naar huis gaan en net doen alsof je niet weet waar ik ben. Dan doen ze jou niks. Maar als je het zou vertellen – nou, er kan van alles met je gebeuren als je het vertelt.'

'Ook nie aan pa en ma?'

'Aan niemand,' zei ik. 'Vooral niet aan pa of ma.'

'O,' zei hij, 'ik wil nie da die boeve jou pijn doe, Robbie.'

'Maak je over mij maar geen zorgen, Elliot. Ik ben een slimme jongen. Ik verzin er wel iets op. Ga nu maar. En tegen niemand zeggen dat je me gezien hebt, hè?'

'Ik zal nie doen, Robbie.' Hij aarzelde een paar seconden en stormde toen de deur uit, die hij wijd open liet staan.

9 Willerton's spijsverterings-medicijn

Nadat Elliot weggegaan was, deed ik de deur dicht. Opnieuw verstikte het donker me haast. Ik liep op de tast naar het bankje. Nu ik een broek aanhad, durfde ik te gaan zitten. Wat moest ik doen? Ik kon niet in de ijskelder blijven, ook al zou ik willen. Ik kon er niet van op aan dat Elliot mijn schuilplaats erg lang geheim zou houden.

Het huisje. Willie en ik waren de enigen die het plekje kenden. Zeb en Vile waren zwervers. Waarschijnlijk hadden ze hun vieze stoofpot al soldaat gemaakt en waren ze verder getrokken. Lieve help, wat hoopte ik dat.

Ik ging op weg naar de oostelijke heuvels. Ik vond het veiliger om door het bos te rennen, in ieder geval tot ik helemaal aan de andere kant van het stadje was. Ik kwam een kleine twee kilometer ten noorden van de stadsgrens het bos uit, nog steeds rennend.

Ik bleef vooral rennen om de gevolgen van het voorval niet onder ogen te hoeven zien. Als meneer Weston aan de deur gekomen was, zoals Elliot gezegd had, dan was het geen bezoekje voor de gezelligheid geweest. Pa, arme pa. Hij deed zo zijn best om me te helpen mijn opvliegendheid onder controle te houden. Het was niet zijn fout dat ik zo'n heethoofd was. Maar meneer Weston zou hém de schuld geven, dat wist ik zeker. Van een dominee wordt verwacht dat hij zijn eigen kinderen in het gareel houdt. Ze moeten schoon en braaf zijn, een voorbeeld voor andermans kinderen. Ik wist ook zeker dat Willie gevlucht was om niet te hoeven vertellen wat hij wist. Verdraaid nog aan toe.

Tja, het zou voor pa geen raadsel zijn waarom ik niet thuisgekomen was voor het middageten, en misschien zelfs niet voor het avondeten. Hij zou wel denken dat ik me een poosje gedeisd wilde houden. Ik verwachtte dat hij zich pas zorgen ging maken als het echt donker werd. En zo gauw hij zich zou afvragen waar ik was, zou Elliot hem vertellen dat ik in de ijskelder zat, wat hij zou geloven, en dat ik ontvoerd was, wat hij niet zou geloven – nee toch? Hoe dan ook, hij zou niet weten dat hij naar het huisje moest gaan. Dat was het geheim van Willie en mij en Willie was geen verrader.

Als ik lang genoeg wegbleef, zouden ze allemaal vergeten hoe boos ze op me waren en zouden ze zich zorgen maken over mijn welzijn. Ik hoefde alleen maar de hele nacht weg te blijven of hoogstens een paar nachten, en dan zou het hele stadje een zoektocht op touw zetten. Zelfs de Westons zouden vergeten hoe afschuwelijk ik gedaan had en zich afvragen of ik dood was of in het bos lag en zwakjes en tevergeefs om hulp riep.

Misschien zouden ze, als ik lang genoeg onzichtbaar bleef, een begrafenis voor me houden, net als bij Tom Sawyer en Huck Finn gebeurd was. Ik zou het leuk vinden als ik een kijkje bij alle gebeurtenissen kon nemen en de mensen kon horen zeggen wat een goede jongen ik geweest was – een beetje ondeugend, zoals een levenlustige Amerikaanse jongen betaamde, maar in werkelijkheid een schat van een jongen, op de keper beschouwd een sieraad voor zijn treurende ouders.

Maar stel dat ze nog steeds boos op pa zouden zijn? Omdat hij niet echt in de hel geloofde en wel in apen? Nou, als ik dood was, zouden ze hem moeten vergeven, een man die zijn enige, echte zoon verloren was. Zou hij Elliot verliezen, dan zouden ze zeggen dat het maar beter was zo, net als ze doen als er een kreupel of gewond dier sterft. Maar als hij mij zou verliezen, zouden ze het hebben over 'in de knop gebroken' en 'vroegtijdig overlijden' en 'ons ontrukt in de kracht van zijn leven' – dat soort meelevende woorden. Ja. Het zou pa's positie in de gemeenschap en in de kerk beslist goed doen als de mensen hem een beetje zouden zien lijden.

Zou hij om mij huilen? Zou hij dat doen? Daar wilde ik liever niet aan denken.

Er is een lapje wilde frambozen langs het spoor ten noorden van het stadje. Met alle zon die we die zomer gehad hadden, waren de vruchten al rijp. Ik bleef staan en propte mijn mond vol met de zoete vruchten. Ik deed zelfs geen moeite om de groene beestjes eraf te halen, die evenveel van frambozen hielden als ik. Nu en dan proefde ik de bittere smaak van zo'n beestje, maar dat kon me niet schelen. De vruchten brachten de warmte van de zon rechtstreeks naar mijn koude buik. Of was het mijn koude hart?

Als ik iets bij me had gehad om de frambozen in te stoppen, zou ik er een paar voor later meegenomen hebben naar het huisje. Maar ik had niets bij me, dus at ik tot mijn buik met een pijnscheut te kennen gaf dat ik te veel gegeten had. Toen, buikpijn of niet, liep ik bij het spoor vandaan, stak de weg naar Tyler over en waadde door de North Branch. Ik beklom de noordelijke heuvel veel voorzichtiger dan ik de oostelijke afgekomen was.

Er kringelde geen rook uit de afgebrokkelde schoorsteen van het huisje, wat ik als een goed teken beschouwde – tot ik naar binnen ging. De ijzeren pot, compleet met kippenbotjes, kop en poten, stond nog steeds op de koude haard, en Zebs haveloze deken was er ook nog. Afgaand op de geur was het dezelfde kip die ik de week ervoor gezien had. Er was geen spoor van Zeb of Vile.

Ik had nu tenminste de kans om een plekje voor mezelf te maken. Ik liep het bos in en brak een paar grote dennentakken af, trok de onbuigzame zijtakken eraf en maakte een bed voor mezelf, zo ver van Zebs bed als mogelijk was zonder onder het kapotte stuk dak terecht te komen. Ik ging liggen om het uit te proberen. En bed van dennentakken is lang niet zo zacht als in boeken beschreven wordt. De naalden prikten in mijn lijf en kriebelden en prikkelden tegen mijn wang. Ik draaide me op mijn rug en trok de kraag van mijn overhemd op om mijn nek te beschermen. Na een tijdje – ik lag te luisteren naar de vogels en de eekhoorns en het geritsel van de bladeren in de wind – viel ik in slaap.

'Wat mot jij hier?' Vile stond over me heen gebogen; een paar kleine serpelingen met zwarte neuzen bungelden voor mijn neus.

'Je hebt mijn hengel gebruikt,' zei ik, heimelijk blij dat ze er niets anders dan serpelingen mee gevangen had.

Ze snoof. 'Alles is fan jou, niet dan?'

Ik ging rechtop zitten en duwde de vissen uit mijn gezicht. 'Waar is Zeb?'

'Meneer Finch voor jou.'

Ik weet niet waarom het me verraste dat Zeb, en Vile dus ook, een achternaam had. 'Goed, hoor,' zei ik. Ik wilde best 'meneer' tegen Zeb zeggen. Had ik niet geleerd respect te hebben voor mensen die ouder waren dan ik? Wat voor iemand Zeb ook mocht zijn, hij was ouder dan ik. 'Waar is *meneer* Finch?'

'Gaan we bijdehand weze?' Ik kon het blijkbaar niet goed doen. Ze wierp een vluchtige blik op mijn bed van dennentakken. 'Je doet net alsof je thuis ben, zien ik.'

'Eigenlijk...'

'Ja, ik weet het. 't Is fan jou.' Ze zuchtte, liep naar de pan, keek erin en zuchtte nog dieper. Op weg naar de deur struikelde ze over Zebs deken en viel bijna. Ze gaf de deken een schop. 'Als je hier echt woonde, zou je d'r niet zo'n puinzooi van hebbe.'

Ik deed mijn mond open om te protesteren, maar hield mezelf in bedwang. Ik zou hier misschien wel twee dagen moeten blijven. Ik wilde liever niet in het bos slapen. 'Zal ik dat spul ergens tussen de bomen gooien?' vroeg ik, terwijl ik naar de pan gebaarde.

'Wat? De kip? Nee. We motte daar nog een paar dage soep uithale.'

Nog een paar dagen? Mijn maag draaide zich om bij die gedachte.

'Ik kan vuur maken,' zei ik, terwijl ik overeind kwam en mijn overhemd in mijn broek stopte.

Ze draaide zich in de deuropening naar me toe en keek me aandachtig aan. 'Sinds wanneer ben je inenen so behulpzaam?'

Ik voelde mijn oren tintelen. Kon ik dan helemaal niets doen zonder knalrood te worden?

'Hier,' zei ze en gaf me de miezerige serpelingen. 'Doe jij de vis maar.'

Ik heb een vreselijke hekel aan vis schoonmaken. Vooral die kleintjes. Er zou van deze niet veel overblijven als kop, vinnen en staart eraf waren. Ik wilde ze aanpakken, maar herinnerde me toen dat mijn zakmes op de bodem van Cutter's Pond lag. 'Ik – ik ben mijn mes alweer vergeten,' zei ik.

Ze haalde het knipmes met het hoornen heft uit haar zak en gooide het me toe. Ik deed een poging om het met mijn linkerhand te vangen, maar dat mislukte. Ze giechelde.

Buiten gingen we beiden aan het werk. Vile verzamelde hout voor het vuur. Ze had een stapel dode takken, die ze eerder op de dag uit het bos moest hebben gesleept. Ze ging er boven op staan en brak ze in stukken die de juiste lengte hadden voor de open haard. Als ze een armvol had, bracht ze ze naar het huisje en kwam dan terug. Ik had nog nooit een meisje gezien dat zo handig was in mannenwerk. Ik denk dat ze geen keus had, anders zou ze omkomen van de honger. Ik had van Zeb niet de indruk dat hij erg ijverig was. Toen ze klaar was met het breken van de takken, begon ze de laatste takjes als een soort tipi tegen elkaar te zetten voor een vuurtje.

Ondertussen had ik een platte steen gevonden waarop ik de kop, de vinnen en de staart van de zilverkleurige visjes kon afhakken. Die gooide ik het bos in. Ik haalde de schubben er zo goed mogelijk af. De steen glom alsof hij bedekt was met slijmerig mica. Toen sneed ik de buikjes open en haalde de ingewanden eruit. Mijn handen waren ook slijmerig.

'Niks weggooie,' riep ze naar me, zonder op te kijken van haar werk.

'Niks?'

'Goed voor soep,' zei ze.

Ik keek naar de ingewanden die aan mijn handen kleefden. Die mochten niet terechtkomen in soep die ik zou moeten eten. Ik veegde mijn handen zo goed mogelijk schoon aan de droge bladeren die rond de steen lagen. Nu plakten er stukjes blad aan de viezigheid aan mijn handen. Ik gaf Vile de vissen en ging naar de bron om me te wassen.

Ze had vuur gemaakt en de serpelingen hingen aan een groene stok te bakken toen Zeb kwam aanstrompelen. Vile kwam overeind en keek hem beschuldigend aan. 'Je heb het weer gedaan,' zei ze.

'Hoe ken dat nou,' vroeg hij zielig, 'als ik geen rooie cent op zak heb?'

'Ik weet niet hoe je 't voor mekaar krijg,' zei ze. 'Maar je bent aan de zuip geweest. Dat ken niet anders.'

'Die vissies daar ruiken allemachtig lekker,' zei hij.

'O, nou ben je aardig, hè, met drank in je lijf.' Ze wendde zich weer naar het vuur en draaide de visjes rond tot ze knapperig waren. Het water liep me in de mond. Zouden we ze moeten delen met die oude dronkaard, die geen klap had uitgevoerd?

'Ga naar de bron om je te wasse,' droeg ze hem op. 'Je ziet d'eruit als een zwerver.'

Zijn gegiechel klonk haast even meisjesachtig als het hare. Ik verwachtte dat hij zou protesteren, maar hij strompelde weg in de richting van de bron.

'Wat mot ik toch met 'm?' mompelde ze, meer tegen zichzelf dan tegen mij.

Toen Zeb terugkwam, was zijn gezicht wel roder, maar niet schoner dan eerst, en hij stonk nog erger. We zaten met zijn drieën om het dovende vuur heen. Vile brak de visjes in stukken en legde ze op drie esdoornbladeren. Ik moest opeens denken aan het wonder in de Bijbel, waarbij Jezus vijfduizend mensen te eten geeft van vijf broden en twee visjes. Maar deze keer gebeurde er geen wonder.

Ik probeerde mijn schamele rantsoen zo langzaam mogelijk op te eten. Ook zonder zout smaakte de vis lekker; krokant en zwart aan de buitenkant en vlokkig aan de binnenkant. Zeb propte zijn deel in één keer in zijn mond en keek toen begerig rond. Vile gaf hem haar blad met haar laatste hapje. Dat propte hij ook in zijn mond. Wit vissenvlees viel van zijn gulzige lippen op zijn overhemd. Hij probeerde het al friemelend te pakken te krijgen, maar het viel op zijn broek en toen op de grond, waar het verdween tussen de dode bladeren. Ik wilde hem een klap verkopen omdat hij haar eten zomaar afgepakt had – hij had niet eens de tijd genomen om het goed te proeven en had het verspild door zijn dronkenmansonhandigheid.

Toen hij besefte dat er niets meer te eten was, kwam hij moeizaam overeind en sjokte naar het huisje. Het duurde maar even voor we zijn gesnurk hoorden.

'Je hebt hem jouw eten gegeven,' fluisterde ik. Ik had op dat moment een beetje ontzag voor Vile.

'Hij 's mijn va,' zei ze. ''k Kon toch niet anders?' Ik wilde zeggen: *Vaders moeten voor hun kinderen zorgen, niet andersom.* Ze ging het huisje binnen en kwam terug met de pan. 'Waar benne de vissekoppe en andere dinge?'

'De koppen?'

'Die heb ik nodig voor de soep.'

'Ik... ik heb ze in het bos gegooid.'

Ze zuchtte. 'De wasbere zulle wel een feessie gebouwd hebbe,' zei ze, en zweeg toen een beetje beschaamd. 'Je kunt zeker niet meer van die aftandse piepers en wortels halen, of wel?' Ze wachtte niet op antwoord, maar zuchtte nog eens en liep naar de bron.

Ik maakte mezelf nuttig door hout en twijgen te zoeken voor het volgende vuur. Ik wilde niet dat ze dacht dat ik een schooier was. Maar dat was ik wel. Ze had twee visjes gevangen en ik had het grootste deel van een van de visjes opgeschrokt. Ik was nog erger dan die verwenste pa van haar. En ik was niet eens familie.

Het was nog lang geen tijd voor het avondeten – wat er ook voor avondeten gebrouwen kon worden van een rottende kippenkop en poten – maar ik begon een vuur aan te leggen in de haard. Zeb lag te snurken en te snuiven. Zijn geur was misselijkmakend, dus ik werkte snel door en ging zo gauw mogelijk de frisse lucht weer in. Vile was nog niet terug. Ik stelde me voor dat ze de pan tegen de grond drukte om er water in te laten lopen. De bron water laten geven was haast lastiger dan het melken van een droogstaande koe. De North Branch was een eind lopen, maar uiteindelijk zou je daar makkelijker aan water kunnen komen. Ik nam me voor dat tegen haar te zeggen.

Ik vroeg me af of ik nog een keer naar het spoor zou gaan om een paar frambozen te plukken. Ik liep terug naar het huisje en vond twee gedeukte tinnen kroezen. Ze roken naar oude soep. Ik huiverde. Ze waren niet eens omgespoeld. Ik nam ze mee naar buiten en veegde ze zo voorzichtig mogelijk af met esdoornblad, maar ik smeerde het vet alleen maar uit. Koud water zou niets helpen. Het was de enige keer in mijn leven dat ik verlangde naar goede, sterke loogzeep. Je kon toch geen frambozen eten die in oud kippenvet gelegen hadden?

Geloof me, je moet nooit onvoorbereid van huis weglopen. Ik had niet eens mijn eigen tinnen kroes bij me en ik wilde liever niet die van hen gebruiken. Ik liep op mijn tenen langs het stinkende lijf van Zeb om de kroezen weer op de schoorsteenmantel te zetten. Zeb snurkte en draaide zich om. Hoe was hij aan sterkedrank gekomen? Ik wist dat er mogelijkheden waren als je geld had, maar Zeb was straatarm. Hij had geen cent, of wel? De ouwe dief. Ik moest me beheersen om hem niet om te rollen en zijn zakken te doorzoeken.

Op dat moment wilde ik niets liever dan hem ontmaskeren. Ik wilde een held van mezelf maken en de redder zijn van Vile. *Kijk eens*, zou ik zeggen, *zo arm zijn jullie niet. Ga maar naar de stad en koop iets lekkers.* Maar ik doorzocht Zebs zakken niet. Ik wist dat Vile het me nooit zou vergeven als ik haar pa voor gek zou zetten. Ze was net Willie – trouw tot het einde. Ik zou iets beters moeten verzinnen om haar te helpen.

Zeb sliep nog toen Vile terugkwam. 'Kan het vuur evegoed aansteke,' zei ze. 'Het kan wel een eeuwigheid dure om hier soep van te make.'

Als ze me al dankbaar was dat ik een vuur aangelegd had, dan zei ze dat niet. Ze pakte een van de grote lucifers die Willie en ik op de schoorsteenmantel hadden laten liggen en streek hem af. De vlam verlichtte het hout; ik hield mijn adem in. Ik wilde niet dat Vile me zou minachten omdat ik geen goed vuur kon aanleggen. Ik keek hoe de vlammen van de droge bladeren en takjes sprongen, om de loszittende bast dansten en toen de grotere takken omarmden.

Opgelucht liep ik naar buiten en liet het aan Vile over om de pot boven het vuur te hangen. Toen ze naar buiten kwam, trilde ze van woede. Ze zwaaide naar me met een fles in haar hand. 'Kijk es!' riep ze. 'Niet te gelove!'

Op de halfvolle fles die ze omhooghield, stond *Willerton's Digestive Remedy*. De drogist verkoopt er liters van. De halve stad, vooral de mannelijke helft, vindt dat hij spijsverteringsproblemen heeft die alleen verzacht kunnen worden door Willerton's. 'Hij had waarschijnlijk buikpijn,' zei ik flauwtjes.

'Buikpijn, me neus!' Ze draaide de dop los en duwde me de fles onder de neus. 'Ruik maar.'

'Ik vind het naar Willerton's ruiken,' zei ik, met prikkende ogen door de damp. 'Middelen tegen maagpijn moeten sterk zijn, anders helpen ze niet.'

'Wat een onnozel kind ben jij toch. Willerton's is niks anders dan drank met een dure naam. Hoe zou hij anders zo dronke als een tor kenne weze?' Ze trok de fles terug en gooide hem met een goed gemikte worp tegen de ruwe bast van een spar. Het vocht maakte een donkere vlek op de stam. Toen deed ze iets wat ik nooit had verwacht. Ze ging in kleermakerszit op de grond zitten, legde haar hoofd in haar handen en barstte in huilen uit.

Ik wist niet wat ik moest zeggen of doen. Ik zei een paar keer zachtjes haar naam, maar ze deed net of ik niet bestond. Ze zou zich niet laten troosten door lieve woordjes. Ik had iets sterkers nodig dan Willerton's om haar ellende te verzachten. Op dat moment kwam ik met mijn briljante idee op de proppen.

Heer, verlos me van mijn briljante ideeën! Maar op dat ogenblik, met een bijna lege maag en Vile die tranen met tuiten huilde, leek het een idee dat ontsproten was aan een geniaal brein.

10 Mijn briljante plan

We zaten met zijn tweeën buiten en leunden tegen de zijkant van het huisje. Vile staarde mistroostig naar de as van ons vuur. Door de wand heen hoorde ik Zeb snurken als een beer in winterslaap. Ik vond dat het tijd was om haar het plan te vertellen.

'Vile,' zei ik, 'ik heb een idee.'

Ze snufte en keek me met opgetrokken wenkbrauwen aan.

'Nee, echt. Ik weet een gemakkelijke manier om aan geld te komen.'

'O ja? Aha!' Ik had wel gedacht dat het woord 'geld' haar aandacht zou trekken.

'We gaan een losgeldbrief schrijven, snap je?'

'Een wat?'

Ik legde haar uit wat er gebeurd was met de baby van de familie Clark en de jongen uit New York en hoe dat allemaal gegaan was. Ze keek me nog steeds bevreemd aan.

'Kijk, we doen net alsof ik ontvoerd ben en vragen geld als ze me terug willen hebben…'

'Wie zou d'r veel geld wille betale…?'

'Luister nou, Vile. Dat doen mensen gewoon. Ze organiseren een inzameling. We hoeven alleen maar een briefje te schrijven. Eerst zamelen ze geld in en dat brengen ze naar de geheime plek die we in het briefje opgeschreven hebben. Daarna sluipen jij en ik erheen en verdelen de buit. Dan smeren jij en Zeb 'm en ik loop de heuvel af en duik half versuft in Main Street op. Het zou best kunnen dat ik amnesie heb' – vanwege de uitdrukking op haar gezicht legde ik dat woord haastig uit – 'dat ik me niets herinner van wat er gebeurd is, maar omdat ik verder ongedeerd teruggekomen ben, is iedereen blij.'

'Vooral de sheriff die achter va en mijn aanzit.'

'Welke sheriff?' vroeg ik, en ik had onmiddellijk spijt van die vraag. Haar woedende blik sprak boekdelen.

'Je zei iets over...'

'Ja. Amnesie. Kijk. Wekenlang zal ik me niets kunnen herinneren. Dan, na een hele tijd, als jij en Zeb Vermont al lang en breed uit zijn, komt alles stukje bij beetje terug. Maar de ontvoerders zullen er heel anders uitzien dan jullie tweeën.'

'O ja? En wie zal jou gelove?'

'O, ze zullen aan mij niet twijfelen. Ik ben het zoontje van de dominee. Trouwens, ik ben de enige getuige en ook het slachtoffer. Ze zullen me heus wel geloven.'

'Nee.'

'Wat nee?'

'Gewoon nee. Ik doe niet mee aan so'n stom plan.'

'Volgens mij moeten we duizend dollar vragen – tweeduizend lijkt misschien een beetje hebberig.'

Vanuit mijn ooghoek zag ik hernieuwde belangstelling opflakkeren. 'Heb jouw va so veel geld?'

'Nee, joh. Hij is dominee. Maar daardoor krijgt iedereen juist medelijden en willen ze hem helpen. De stad gaat het geld inzamelen, snap je? Net als ze in New York deden, toen Marion Clark in de armen van het kindermeisje verdween. De banken, de winkels, iedereen zal meehelpen.'

'Maar jij bent geen lief klein baby'tje...'

'Kom op, Vile, dat doen ze voor elk kind dat verdwijnt.' Ik probeerde Vile en mezelf te overtuigen. Natuurlijk zouden ze dat voor me doen. Toen het kindje van Wilson over Cutter's Pond drentelde en het ijs het bijna begaf, kwam het hele stadje toch ook in beweging? Ze zetten hun leven op het spel en vormden een menselijke ketting op het ijs om bij haar te komen. Ja, ze was wel een lief driejarig meisje met blonde krullen, niet een of andere schavuit van een jongen. Ik keek naar Vile. Ze keek niet naar me om te zien of ik twijfelde; ze telde in gedachten het geld.

'Je moet kleine biljetten vragen,' ging ik verder. 'Ik bedoel, als je in

Tyler of zelfs in Montpelier briefjes van honderd dollar gaat rond-strooien...'

'Zijn er dan briefjes van honderd dollar?'

'Ja, hoor,' zei ik. Hoewel ik er nooit een gezien had, wist ik zeker dat ze bestonden.

'Zijn er papiertjes die honderd dollar waard benne?'

'Je hebt er tien nodig om duizend te maken,' zei ik, voor het geval ze niet goed kon rekenen. 'Maar je wilt geen biljetten van honderd dollar hebben. Als je daarmee gaat betalen, zou dat verdacht zijn.'

Ze zag er teleurgesteld uit. Volgens mij vond ze het een fijne ge-dachte om een hand vol honderddollarbiljetten te hebben.

'En d'r is geen kans dat we gesnapt worde?'

'Helemaal nop. Wij wijzen een plek aan, en daar leggen zij het geld neer. We hebben hen dan al gewaarschuwd dat we het slacht-offer zullen vermoorden als ze proberen ons te begluren of de sheriff erbij halen. Zoals ik al zei, verdelen we eerst het geld en dan geef ik jou en Zeb – meneer Finch – een voorsprong van een dag en dan duik ik, half versuft, op in Main Street. Een paar weken later komt er een vage herinnering naar boven aan die – eh – hobo's met lange, zwarte baarden die me gevangen hielden en bedreigden.'

Ze lachte even; ik denk dat ze zich probeerde voor te stellen hoe ze er uit zou zien als hobo met een zwarte baard. Toen werd ze weer serieus. 'Motte we 't aan va vertelle?'

'Tja, hij doet er eigenlijk ook aan mee.'

'Ja, maar als hij ons plan weet, gaat-ie gek doen. Vooral als hij dronke is. Misschien gaat-ie wel lope opscheppe.'

'Dat mag niet gebeuren!'

'Nee, klopt. Dus, het blijft tusse ons, oké Ed?'

'Oké.' Ik deed inmiddels al geen moeite meer haar eraan te herin-neren dat ik eigenlijk Fred heette.

Na lang nadenken besloot ik dat het losgeldbriefje geschreven moest worden met een kippenveer gedrenkt in bessensap – de kleur van bloed. Helaas waren frambozen de enige vruchten waarvan ik zeker wist dat ze rijp waren. Ik wist niet of het zou lukken met frambozeninkt, maar ik stuurde Vile met haar tinnen kroes naar het veldje met frambozen. We konden het risico niet nemen dat iemand mij daar zou zien. Het zou een mooi gebaar zijn om berkenbast als papier te nemen, maar de Finches hadden zo veel papier in die dichtgebonden halsdoek, dat we dat evengoed konden gebruiken. Bovendien zouden alleen indianen op het idee komen om berkenbast te gebruiken. Hobo's zouden vast eerder de achterkant van 'Gezocht'-aanplakbiljetten gebruiken. Ik vroeg me af of Zebs foto op een van die aanplakbiljetten stond, maar ik wist niet of ik dat durfde vragen.

Het leek wel of Vile een eeuwigheid wegbleef. Hoe meer ik aan de kippenveer en de frambozeninkt dacht, hoe slechter ik het idee vond. Had ik mijn potloodstompje maar, dat samen met mijn zakmes op de bodem van Cutter's Pond lag. En dat was nog niet alles. Mijn grote knikker lag er ook (ik zou nooit meer goed kunnen knikkeren), evenals een versleten zakdoek (ma controleerde vaak of ik er een bij me had) en zelfs een paar penny's, voor het geval ik een aanval van knagende honger kreeg terwijl ik net bij het warenhuis was en een zuurtje of een zuurstok nodig had. Wat een rottige toestand.

Ik vroeg me af of ze me al zouden missen. Ik zuchtte. Pa zou niet naar me gaan zoeken zolang het licht was. Toen herinnerde ik me dat het woensdag was. Hij zou me niet gaan zoeken voordat de gebedsbijeenkomst afgelopen was. Ik zei tegen mezelf dat dat een voordeel was. Het gaf me meer tijd om het plan uit te werken.

Ik keek met samengeknepen ogen naar de zon. Volgens mij kon het nog niet later zijn dan vier uur 's middags. Ik had niet aan zuurtjes moeten denken. Ik had zo'n honger als ik nooit eerder gehad had. Mijn maag had die paar hapjes serpeling haast zonder het te merken laten passeren. Ik probeerde de borrelende pan in het huisje niet te ruiken; mijn ingewanden zouden die soep niet kunnen verdragen.

Ik vroeg me af wat meneer Weston tegen pa gezegd had en wat pa had teruggezegd. Zou pa mijn kant gekozen hebben? Als ik een Filippino geweest was, zou hij dat wel gedaan hebben. Hij wist hoe driftig ik kon zijn. Hij zou er waarschijnlijk niet aan twijfelen dat ik inderdaad geprobeerd had Ned Weston te verdrinken, of in ieder geval hem de stuipen op het lijf te jagen.

Voor een jongen die afstand genomen had van God en de Tien Geboden, voelde ik me vreemd verwant met wat dominee Pelham een verachtelijke zondaar genoemd zou hebben. Ik herinnerde me de vreselijke woede die over me gekomen was en waardoor ik het hoofd van Ned Weston onder water had geduwd. Willie dacht dat ik Ned had willen vermoorden. Hij had gelijk. Dat had kunnen gebeuren. Dat had echt kunnen gebeuren. Ik werd al misselijk als ik er alleen maar aan dacht.

Toen kwam het in me op dat het eigenlijk pa's schuld was – niet helemaal, niet eens voor het grootste deel, maar wel een beetje. Hij had die goddeloze boeken niet moeten laten slingeren. Iedereen, vooral een vrome ouderling of een hellevuur predikende dominee, kon gewoon zijn studeerkamer binnenkomen en ze hondsbrutaal op de plank zien staan. Zoals dominee Pelham al gezegd had: pa was predikant. Hij was het God verplicht niet te spelen met de machten van het kwaad en het ongeloof. Natuurlijk dacht pa niet dat mensen van apen afstamden, ook al had hij die waardeloze boeken in zijn kast staan.

Maar sinds de avond waarop Elliot verdwenen was, maakte ik me zorgen om pa. Waarom raakte dat huilen van pa me zo? Had hij een of andere zenuwziekte? Als dat zo was, wat zou mijn verdwijning dan met hem doen? Of de wetenschap dat zijn zoon bijna een moordenaar was? Zou dat voor hem de druppel zijn?

Ja, het zou voor hem beter zijn te denken dat ik ontvoerd was dan dat ik voortvluchtig was. Of niet? Ik rekende er sterk op dat meneer Weston medelijden zou krijgen omdat ik verdwenen was en zou vergeten dat ik zijn zoon aangevallen had. Stel je voor dat meneer Weston, nadat ik op wonderlijke wijze teruggekeerd was in de armen van mijn familie, toch niet alles vergeven en vergeten had? Dan zou pa pas echt in de problemen zitten – zijn zoon het slachtoffer van een boosaardige misdaad én de pleger, of bijna-pleger, van een even gruwelijke misdaad; een misdaad tegen de zoon van de belangrijkste inwoner van de stad. Goeie help!

Ongeveer op dat moment zag ik Vile de heuvel op komen sjokken. 'De vogels hebbe de meeste fan jouw framboze opgevrete,' zei ze. Mijn blik viel op haar mond die vol lichtpaarse vlekken zat. Ze hield me de kroes voor. Hij was ongeveer halfvol. Ik pakte een stokje en plette de frambozen tot een brijachtig sap. Vile haalde in het huisje een affiche uit de halsdoek. Op de voorkant stond een tekening van een bankrover uit Albany. Ik onderdrukte de neiging om vragen te stellen over bankrovers of over wat zij en Zeb in de staat New York gedaan hadden. Ik probeerde de visresten op de platte steen zo goed mogelijk te vermijden en ging aan het werk.

Heb je ooit geprobeerd te schrijven met een kippenveer? Ik snap er geen fluit van hoe Thomas Jefferson ooit zoiets langs als de Onafhankelijkheidsverklaring heeft kunnen schrijven met een veer. Hij had natuurlijk wel een goed bureau en echte inkt. Na een minuut of tien had ik alleen nog maar 'Help!' geschreven, met bleke, bibberige letters.

Vile leunde over mijn schouder en duwde tegen mijn rechterarm, om het allemaal nog wat lastiger te maken. 'Wat een gepruts,' zei ze. 'Ik ken het haast niet leze.'

'Ik kan er niks aan doen,' zei ik. 'Van frambozen kun je geen goede inkt maken.' Ik was van plan geweest 'Help! Ik ben ontvoerd!' te schrijven. Maar na al die moeite voor 'Help!' schreef ik daarna alleen 'Ontvoerd!' Ik moest ook nog alles over het losgeld opschrijven – waar en wanneer.

'Volgens mijn gaat dat niet werke,' zei ze.

'Je hebt gelijk,' zei ik ten slotte. 'Maar waar kunnen we een goede pen en inkt krijgen? Of een grafietpotlood?'

Ze zette haar handen op haar heupen en dacht na. 'Hmm. We kenne vanavond naar het warehuis gaan en d'r eentje meeneme.'

'Als we gesnapt worden, is het spel uit.'

'We worde niet gesnapt. Ík tenminste niet.'

Ik vroeg haar niet hoe ze dat zo zeker wist. Ik wilde eigenlijk niet weten welke ervaring Vile had met het overtreden van de wet. 'Als we gesnapt worden – en je moet rekening houden met de mogelijkheid dat er iets misgaat, Vile – als we wel worden gesnapt, dan krijgen we geen losgeld en worden we ook nog in de gevangenis gegooid.'

'Welke gevangenis? Je gaat me toch niet vertelle dat dit gat een gevangenis heb?'

'Jawel,' zei ik waardig, zoals een loyale burger betaamt. 'In de kelder van het stadhuis. Hij is niet groot. Het is, tja, het is een soort circuskooi...'

'Een kooi?' Ze deed hevig geschrokken een stap achteruit. 'Stoppe ze mense in een kooi als een of ander wild beest?'

Ik knikte plechtig. Ik had eigenlijk nog nooit iemand in de kooi gezien, maar ik had de kooi zelf – allemaal ijzeren tralies – in de kelder van het stadhuis al vaak gezien.

'Nou, dat was dan je grote plan.'

Ik was nog niet bereid het op te geven. Er waren gebedsbijeenkomsten in zowel de congregationele kerk als de methodistenkerk. Een goede avond voor een diefstalletje. Ik kon inbreken in de pastorie terwijl iedereen in de kerk zat. Er zou niemand zijn die me kon betrappen, en zelfs als dat wel gebeurde, lag het niet voor de hand dat ze de sheriff zouden roepen om me op te pakken voor het inbreken in mijn eigen huis. En ik zou wat eten kunnen pakken als ik er toch was. Vile vond dat een heel goed idee. We hoefden alleen maar te wachten tot het tijd was voor de gebedsbijeenkomst en te hopen dat onze maag het niet voor die tijd begeven zou.

Vile pulkte de rest van de frambozen'inkt' uit haar kroes en slurpte die op. Toen liep ze naar binnen en doopte de twee kroezen in de pan, zodat er een beetje soep in kwam. Ze gaf mij Zebs kroes. Het leek onbeleefd om hem niet aan te pakken, hoewel je zult begrijpen hoe graag ik díe soep uit de kroes van díe man wilde drinken.

Ik kan je vertellen dat ik wel een miljard drankjes geproefd heb in mijn leven, maar niets haalde het bij een klein slokje van Viles ambachtelijke kippenkopsoep. Meer dan een slokje kon ik niet nemen zonder over te geven.

Ze keek me gespannen aan. "'k Heb er niet echt m'n best op gedaan,' zei ze verontschuldigend.

'Het is prima,' zei ik hoestend, met mijn hand voor mijn mond. 'Ik heb gewoon niet zo'n honger, dat is alles.' Ik kon me niet voorstellen dat God (als God bestond) het iemand kwalijk zou nemen dat hij in deze omstandigheden loog.

We zaten daar, met onze rug tegen het huisje; zij dronk en ik deed net alsof ik de soep opdronk. We zaten zo stil dat we het lome gekwetter van de vogels hoorden en de namiddagbries die de bladeren liet ritselen. De insecten zoemden zacht. Het was vredig in het bos. Zelfs het geluid van Zebs gesnurk werd gedempt door de houten wand. Toen hield het ineens op. We hoorden hem overeind stommelen en door het huisje stampen.

Opeens een brul: 'Viiiiile!' Ik verstijfde en voelde Vile naast me ook verstrakken.

'Va,' fluisterde ze.

Hij kwam de deur uit gedenderd. Voorheen had ik hem beschouwd als een soort domme oude man, maar Zeb had een gedaanteverwisseling ondergaan. Zijn ogen spuwden vuur, zijn mond stond wijd open en al zijn verrotte tanden waren zichtbaar. Hij leek wel twee meter lang, nu hij met zijn armen stond te zwaaien en bulderde: 'Waar is-ie? Welk stuk ongedierte heb m'n fles gestole? Ik vermoord die schoft!'

11 Tussen de stenen

Vile en ik stonden nu allebei rechtop. Toen ik opsprong, was Zebs tinnen kroes op de grond gestuiterd en de vettige soep was op mijn blote voeten en mijn broek gespetterd.

'Waar 's me fles, vraag ik!' Vile en ik maakten geen van beiden geluid; we bleven met onze rug tegen de wand staan.

Zeb deed een uitval naar Vile, greep haar bij haar smalle schouders en schudde haar door elkaar, zoals een kat zijn prooi heen en weer schudt voordat hij hem doodmaakt. 'Mij hou je niet voor de gek, meid. Ik weet dat jij 'm hebt!'

Ze is een dapper ding, die Vile. Ze kneep haar lippen stijf op elkaar. Ze gaf geen kik, ook niet toen hij haar losliet en haar met zijn rechterhand een flinke mep in het gezicht gaf.

Die oude vertrouwde woede kwam weer op. Hoe waagde hij het haar pijn te doen? Het mes lag nog bij de rots. Ik pakte het. 'Laat haar los!' riep ik, terwijl ik het mes als een dolk omhooghield.

'Hou je d'erbuiten, Ed,' zei ze, tussen haar tanden door. Ze had zich niet omgedraaid, maar Zeb zag het mes. Verrast liet hij haar een beetje los. Vile rilde en liep langzaam achteruit; de platte rots was nu tussen haar en haar vader in.

Hij keek omlaag, naar de steen. Mijn mislukte poging om een losgeldbriefje te schrijven, lag er nog steeds. Hij tuurde ernaar. Ik hoopte van harte dat hij niet kon lezen. Maar hij bleek het eerste woord te kunnen ontcijferen.

'Wat is dit nou weer?' Hij griste het papier weg. 'Help?' Hij keek ons allebei boos aan. 'En wie heb er hier hulp nodig?' Zijn stem klonk dreigend, maar ik wist dat hij het mes in de gaten hield. Hij kwam niet op ons af.

'Gewoon een spelletje, va. Niks bijzonders.'

'Ik hou niet van die spelletjes, meid,' zei hij, terwijl hij het 'Help! Ontvoerd!'-briefje in zijn zak propte. Hij wierp nog een blik op het mes.

Vile draaide zich naar me toe om te zien waar hij naar keek. 'Stop het mes weg, Ed,' zei ze. 'Hij doet je niks.'

'Zeg gewoon waar me fles gebleve is. Da's alles wat ik wete mot.' Maar terwijl hij de woorden zei, zag hij het kapotte glas onder de spar en de donkere vlek op de stam.

'Stelletje…' Hij maakte een beweging alsof hij haar wilde vastpakken, maar deze keer was ik sneller. Ik sprong op hem af met het roestige lemmet in de lucht. Hij bleef direct stilstaan.

Het mes trilde in mijn hand. Het zou niet lang duren voor hij ontdekte dat ik blufte. 'Rennen, Vile,' zei ik. Ze aarzelde. 'Rennen!' Deze keer schreeuwde ik. 'Ik haal je wel in.' Ik begon te rennen en klapte ondertussen het mes in. Zeb kwam me achterna. Ik draaide me om en smeet het ingeklapte mes naar hem toe. Ik hoorde hem jammeren, dus ik moet het doel geraakt hebben, maar ik had geen tijd om te kijken. Ik rende zo snel ik kon door het kreupelhout de heuvel af. Algauw haalde ik Vile in; ik pakte haar hand en trok haar mee. De takken schuurden langs ons gezicht en ons lijf, terwijl we verder ploeterden.

'Heb je 'm geen pijn gedaan?' wist ze uit te brengen.

'Nee. Echt niet. Blijf rennen. Hij komt achter ons aan.' Ik hoorde zijn onhandige gestamp boven ons op de heuvel. 'Kom op. Sneller.' Ik hield nog steeds haar hand vast en ging diagonaal de heuvel af, naar het noorden. Ik rekende erop dat Zeb het pad recht naar beneden zou nemen, naar het centrum van de stad.

Na een poosje kwamen we bij de beek. Ik merkte ineens dat ik haar hand nog vasthield. Haastig liet ik hem los. Vile deed net of ze niets merkte, ze bleef even hijgend staan, met haar hand tegen haar zij gedrukt. 'We kunnen maar beter verder gaan,' zei ik en ging het water in. Ik denk dat ik mijn voeten en broek graag een wasbeurt wilde geven na de spetters kippenkopsoep. Vile knikte en ging me achterna; ze verbaasde me door de versleten zoom van haar rok een centimeter of twintig op te tillen. Ze hield haar rok bevallig omhoog, alsof ze lid was van een of ander damescomité. Ze was weer op adem gekomen. 'Waar gaan we heen?' vroeg ze.

'Naar de schuren van de steengroeve. Daar kunnen we een beetje uitrusten en beslissen wat we gaan doen.' Ik wilde het woord 'verstoppen' niet gebruiken. Ik was bang dat dat woord haar zou afschrikken. Maar ze zag er nog steeds bezorgd uit. 'Ze stoppen om drie uur met werken. Daar is niemand meer.'

'Hoe kome we binne?'

'Ze doen niks op slot. Wie gaat er nu graniet stelen? Je hebt een kraan nodig om het in beweging te krijgen en een trein of minstens een span paarden om het te vervoeren.'

Nadat ik gekeken had of het in beide richtingen veilig was, staken we de weg naar Tyler over en toen de spoorrails. We plukten allebei een paar frambozen toen we langs het frambozenveldje kwamen, maar bleven ondertussen doorlopen. Ik bedacht dat we konden doen wat ik eerder gedaan had: naar het bos lopen en dan in de beschutting van de bomen naar het zuiden gaan, in de richting van de schuren. Als we eenmaal aan de achterkant van de schuren waren, konden we de heuvel afzakken en een schuur in sluipen.

'Ed,' zei ze, 'we hadde hem niet motte achterlate.'

'Wat?' Ik kon mijn oren niet geloven.

'Hij heb niet meer verstand dan een paddestoel als hij so kierewiet is.'

'Er overkomt hém echt niks,' zei ik kordaat. Het beeld van Zeb die Vile door elkaar rammelde en haar een klap gaf, stond op mijn netvlies gebrand. Ik kon haast niet geloven dat ze zich zorgen om hem maakte.

''t Komt van de drank, weet je. 't Is eigenlijk een beste man. Hij bedoelt het niet so kwaad.'

Ik keek naar de rode vlek op haar jukbeen. 'Nou, misschien heeft hij het niet zo bedoeld, maar die vlek op je gezicht wordt straks een juweel van een blauwe plek.'

Ze klopte zacht op haar wang. 'Doet niks geen pijn.'

'Dat kan wel zijn,' zei ik. 'Maar we kunnen beter wachten tot die rare bui van hem voorbij is, goed?'

Ze sprak me niet tegen en bleef achter me aan lopen. We kwamen aan de achterkant van de eerste schuur uit. De deur ging gemakkelijk open. Er hing stof in de schuur, wat de binnenkant een schemerige aanblik gaf. Binnen lagen grote blokken ruw graniet en grafstenen in verschillende stadia van afwerking.

'Ik vin het maar niks,' fluisterde Vile. ''t Lijkt wel een kerkhof.'

'Het is gewoon graniet,' zei ik. 'Steen. Hier zijn geen mensen begraven.'

'Ik zei toch dat het een kerkhof lijkt,' zei ze een beetje harder.

Ik ging op een rechthoekig steenblok zitten dat op zijn kant stond en net een bankje was. Ik klopte op het plekje naast me. 'Kom maar even uitrusten.'

Ze gehoorzaamde en liet zich op de rand van het blok graniet zakken. Na een poosje ging ze staan en begon tussen de stenen heen en weer te lopen. Ik was te moe om op te staan, laat staan te lopen, hoewel de kilte van de steen doordringend was, vooral op de plek waar mijn broekspijpen vochtig waren.

Ze kwam bij me staan. 'Ik mot 'm gaan zoeke,' zei ze.

'Je krijgt de wind van voren,' zei ik. 'Hij is vast nog boos om de fles.'

''k Had het nooit motte doen,' zei ze. ''t Is z'n enige plesiertje.' Niet te geloven dat ze hem verdedigde! 'Hij kan d'r niks aan doen, Ed. 't Is een soort ziekte.'

Ik bromde wat. 'Bezetenheid, bedoel je.'

'Jij begrijpt er niks fan. Jij bent een domineeszoontje.'

'Ik heb genoeg gehoord over de duivelse drank,' zei ik. En dat was waar. Leonardstown had een erg actieve afdeling van de Geheelonthouders Bond. Ze had zelfs reizende toneelgezelschappen naar het stadje gehaald, die toneelstukken over de ellende van drank opvoerden. Als een van die vrome dames van de Bond op dat moment op wonderbaarlijke wijze in de schuur opgedoken was, met een geheelonthoudersgelofte in haar hand, had ik die vast en zeker ondertekend, en daarmee de sterkedrank voor de rest van mijn leven afgezworen. Ik had in het afgelopen uur een te levendig voorbeeld gezien van wat alcohol kon veroorzaken, en dat maakte me woedend, maar ook bang.

Ze slenterde weer weg en ik peinsde verder over de gevaren van drank. 'Hé!' riep ze een poosje later. 'Kijk es wat ik gevonde heb.' Ze kwam van achter een stenen engel tevoorschijn met iets in haar hand wat eruitzag als een lunchtrommel. 'Iemand heb ze ete vergete.'

Ze zette de trommel op de steen en deed het deksel omhoog. Het was een feestmaal – brood, kaas en zelfs een groot stuk taart, dat frambozentaart bleek te zijn toen we het uitpakten. 'Het is een wonder,' zei ik, 'net toen we bijna omkwamen van de honger.' Ze keek me bevreemd aan. Ik deed geen poging om uit te leggen dat het geen stelen was als God een wonder deed. En zelfs als het, strikt genomen, stelen was om het eten van iemand anders op te eten die vergeten was het zelf op te eten, nou, dan hoefde ik me nog geen zorgen te maken omdat ik op dit moment een ongelovige was. Het was te ingewikkeld om het haar uit te leggen.

Het eten was in papier verpakt. Vile streek een stuk van het papier glad, legde het op het stuk graniet en spreidde het feestmaal uit. 'Er is zelfs drinken bij,' zei ze, terwijl ze een groene glazen fles met een kurk erop uit de trommel pakte. Ze rukte de kurk eruit, rook aan de inhoud en gaf de fles aan mij.

Ik snuffelde eraan. Het was zelfgebrouwen steenhouwersdrank – geen twijfel mogelijk. 'Het is wijn,' zei ik.

'O,' zei ze en duwde de kurk er weer op. 'Dan bewaar ik het foor va.'

'Ben je gek geworden, Vile?'

Ze zuchtte. 'Dan niet.' Ze legde de fles terug in de trommel. 'Hier,' zei ze, iets opgewekter; ze brak eerst het lange stuk brood in tweeën en daarna het stuk kaas. 'Etenstijd.'

Het brood was knapperig aan de buitenkant en een beetje hard, net als de kaas, maar dat maakte ons niets uit. Toen we bij de taart waren aanbeland, hadden we genoeg gehad om langzamer te gaan eten en elk hapje te laten ronddraaien in onze mond om het laatste beetje smaak eruit te persen.

'Ik wed dat de president van de Verenugde State niet so lekker eet,' zei ze, terwijl ze met haar lippen smakte, die nu nog gevlekter waren door de frambozen dan eerst.

'Vast niet,' stemde ik in, hoewel ik wist dat we in de witte pastorie aan School Street op doordeweekse dagen vaak zulke dingen aten, maar ik had nooit eerder echt honger gehad. Het eten smaakt veel en veel lekkerder als je erge honger hebt.

Toen we met onze vingers elk kruimeltje van het papier hadden geplukt, ontsnapte haar opnieuw een enorme zucht. 'We hebben nog geen hapje voor va bewaard,' zei ze. Ik zag hoe ze naar het flesje wijn keek.

'Nee, Vile,' zei ik. 'Als je dat aan Zeb geeft, krijg je er later spijt van.'

De klok van de congregationele kerk luidde en riep de gelovigen naar de gebedsbijeenkomst. Precies het tijdstip waarop we het potlood hadden willen stelen, maar het grote plan leek niet meer zo veelbelovend.

'En nu?' vroeg Vile, en dat vroeg ik mezelf ook af. Ze vouwde het papier netjes op en legde het in de trommel. 'Kom, we gaan t'rug naar het huisje om wat te slape,' zei ze. 'Hij is nou zo mak als een lam – dat zal je zien.'

Vile rende de laatste honderd meter voor me uit en was als eerste bij het huisje. 'Hij is d'r niet,' zei ze, terwijl ik naar haar toe liep.

'Nee?' vroeg ik en probeerde, om haar een plezier te doen, teleurstelling in mijn stem te leggen. Ik had erop gerekend dat hij er niet zou zijn, anders had ik er nooit mee ingestemd terug te gaan naar het huisje.

'We motte hem zoeke,' zei ze. 'Je ken nooit wete hoe hij zich in de neste werkt, in die toestand.'

Ik hoop dat je me niet afschrijft als een lafaard, als ik vertel hoe weinig zin ik had om die heuvel weer af te gaan. Ik wilde alleen maar met mijn heerlijk volle maag op mijn kriebelige dennentakkenbed gaan liggen en gaan slapen. Maar ik kon haar toch niet alleen op

zoek laten gaan? Mak als een lam? De man was in staat haar te vermoorden. 'In het donker?' vroeg ik, want de schemering veranderde
in snel tempo in duisternis.

Haar besluit stond vast, dus zei ik dat we het pad naar het weiland
van Webster moesten nemen. Daarlangs konden we naar beneden
lopen zonder in het donker de weg kwijt te raken. Mijn hoofd voelde
even zwaar aan als mijn voeten. 'Wacht even,' riep ik naar Vile, die
ondanks de invallende duisternis voor me uit draafde. 'Als je zo snel
gaat, mis je het pad.' Ze bleef op me staan wachten.

''k Weet dat het slecht voor hem is, maar ik wou toch dat ik die
wijn meegenome had.'

'Geen denken aan!' Hoe kon ze zo dom zijn? 'Het is vergif voor
hem.'

'Weet ik,' zei ze verdrietig. 'Maar eerst is hij gelukkig. Ik vin het
fijn als hij gelukkig is.'

'Vergeet niet hoe het achteraf is, als hij gemeen en stom doet.
Daar moet je aan denken.'

Ze liep weer bij me vandaan en struikelde even later over een
boomwortel of zoiets en viel voorover. Ik trok haar overeind. 'Niet zo
snel, Vile. Je kunt niet eens zien waar je loopt. Je doet je nog pijn als
je zo snel gaat.'

Daarna bleef ze vlak bij me. Er was maar een dun schijfje maan;
daar hadden we niet veel aan. Ik was blij met het uitgesleten pad.

Ongeveer op dat moment zag ik het dansende licht. Ik legde mijn
hand op Viles schouder. We bleven doodstil staan luisteren. Er
kwam iemand onze kant op.

'Wie ken dat weze?' fluisterde Vile.

'Sst,' zei ik. 'Dat weet ik niet.' Maar diep in mijn hart wist ik het
wel. De gebedsbijeenkomst was, terwijl wij de heuvel op- en afgingen, begonnen en weer afgelopen. Het licht was van pa, die me
kwam zoeken. Een deel van me wilde naar dat licht toe hollen en me
in zijn armen werpen. Maar het andere, laffere deel aarzelde. Als hij
me nu al zou vinden, was hij nauwelijks ongeruster geweest dan toen
Elliot weg was.

'Denk je dat ze achter Zeb aanzitte?' fluisterde ze bang.

'Misschien. We kunnen ons maar beter terugtrekken in het bos, tot ze voorbij zijn. Straks gaan ze ons nog vragen stellen en dat willen we niet.'

'Nee.'

Terwijl we stil in het bos stonden, hoorde ik het geluid van minstens twee mensen die langs ons heen de heuvel opliepen. Ze zeiden niets tegen elkaar. Misschien probeerden ze stil te zijn. Om me te verrassen. Er was maar één reden waarom pa het pad naar het huisje zou nemen. Willie, mijn trouwe Willie, had me verraden.

Ik stond daar in het donker te kijken naar het licht dat steeds dichter bij kwam. Toen het langs de plek kwam waar wij stonden, wendde ik mijn hoofd af. Ik wilde niet het risico nemen dat ik een glimp van pa's gezicht zou opvangen in het licht van de lantaarn. We bleven wachten tot de voetstappen buiten gehoorsafstand waren, zochten toen het pad weer op en liepen de heuvel af. Langs de rand van het bos gingen we naar het noorden, tot we op één lijn waren met de schuren van de steengroeve. Er stond een gaslantaarn op een paal midden tussen de schuren; daar gingen we op af. Ik wilde dolgraag een van de schuren binnensluipen en daar de nacht doorbrengen, maar Vile liep door. We namen de route achter de schuren langs om Main Street te vermijden.

We slopen door de achtertuinen van de huizen tussen Depot Street en East Hill Road. Iets verder dan East Hill Road ligt Prospect Street, waar alle mensen die vinden dat ze rijk zijn hun huis bouwen. Het huis van de Westons is het grootste.

Ik wierp een enigszins zenuwachtige blik in die richting toen we East Hill Road overstaken, maar ik had weinig tijd om me af te vragen of de Westons achter me aan zouden komen. Vile greep me bij de arm en trok me mee naar de achterkant van Wolcott's Drugstore. 'Kijk!' zei ze. De achterdeur was ingeslagen. 'Hoor je dat?'

Daarbinnen ging iemand of iets flink tekeer. Er was een keer een slecht getraind paard uit de stal losgebroken, door de straat gegaloppeerd en door een openstaande deur de vleesmarkt binnengestormd. De halve stad had er aan te pas moeten komen om al roepend en grijpend het beest te pakken te krijgen. Mijn eerste gedachte was dat er opnieuw zoiets gebeurd was – deze keer in de drogisterij. Het klonk precies zo: hout dat versplinterde en gerinkel van glas – als een wild paard dat schopt en steigert tegen de uitstalkasten.

''t Is va,' zei Vile. 'Hij heeft een dollemansbui.'

Mijn eerste opwelling was, dat geef ik beschaamd toe, zo hard als ik kon wegrennen. Het was niet echt lafheid – meer iets als gezond verstand. Vile beende natuurlijk dwars door de kapotte deur naar binnen, zoals Daniël naar de leeuwenkuil.

'Vile! Ben je gek geworden!' Ze negeerde me volledig. Wat moest ik doen? Ook al was ik geen christen meer, dat betekende niet dat ik geen man meer was. Ik volgde dat domme wicht door het magazijn naar de winkel.

Het paard had minder schade aangericht in de vleesmarkt dan Zeb in de drogisterij, een plek die gewoonlijk net zo keurig is als de naaldenkoker van je grootmoeder. Hij ging als een razende tekeer en zwiepte zijn armen en benen alle kanten op. Met één zwaai van zijn arm trok hij een hele plank vol flessen naar beneden.

'Va!' riep Vile. 'Va! 't Is goed nu. Ik ben het. Rustig aan. Kom, va. Rustig. Alsjeblief, va –' Ze kwam dichter en dichter bij hem en praatte zo sussend tegen hem als een boer tegen een razende stier.

Eerst leek hij haar niet te horen of te zien, maar toen ze ongeveer een halve meter bij hem vandaan was, draaide hij zich met een brul om en greep Vile bij het haar. Het leek alsof hij haar boven zijn hoofd zou gaan ronddraaien, net als hij bij die arme kip gedaan had. Ik deed een uitval naar zijn benen en duwde ons alle drie omver.

Vile sprong overeind. 'Kom, Ed!' schreeuwde ze en rende naar de achterdeur. Maar ik was een beetje te langzaam. Zeb greep een fles die bij hem in de buurt op de vloer lag. Voordat ik me kon verroeren, sloeg hij de fles stuk op mijn hoofd.

De klap verbijsterde ons allebei. Ik zag dat hij zijn ogen wijd opensperde toen hij de afgebroken flessenhals liet vallen. Ik voelde dat de koude vloeistof zich mengde met iets warms. Mijn hoofd begon te tollen. Ik zweer dat ik vuurwerk zag, daar, op die plek, in Wolcott's Drugstore.

Vile stond aan mijn arm te trekken. Ik kwam overeind, struikelend over Zebs benen. Ik was me er vaag van bewust dat Zeb helemaal niet bewoog, maar verdwaasd midden tussen de rommel bleef zitten. Ik liet toe dat Vile me de drogisterij uitsleepte. Ze trok me door de achtertuinen naar de schuren. Ik was zo draaierig als een tol, maar op de een of andere manier zorgde ze ervoor dat ik bleef lopen tot we bij de dichtstbijzijnde schuur waren. Zo gauw ze me naar binnen geduwd had en de deur dicht was, viel ik flauw, net als Mabel Cramm op Decoration Day.

12 Gij zult geen vals getuigenis spreken

*G*oed, wat er daarna gebeurde, vond grotendeels plaats toen ik niet helemaal bij zinnen was, dus ik heb de gebeurtenissen gereconstrueerd met hulp van een aantal bronnen, waarvan sommige betrouwbaarder zijn dan andere. Als je het vermoeden hebt dat mijn rijke fantasie het verhaal ingeslopen is en de naakte waarheid een beetje mooier gemaakt heeft, tja, dan is dat een risico dat je moet nemen.

Iemand, waarschijnlijk iemand die in een van de huizen aan North Main Street woonde, hoorde het tumult in Wolcott's Drugstore. De mensen wisten heel goed dat daar om tien uur 's avonds, als elke christelijke burger al in bed lag, niemand hoorde te zijn en besloten niet zelf op onderzoek uit te gaan. Er werd iemand helemaal naar Wolcotts huis gestuurd, aan de zuidkant van Prospect Street, om te zeggen dat hij moest komen om te onderzoeken wat er op zo'n goddeloos tijdstip zo'n hels kabaal maakte in zijn winkelpand. Meneer Wolcott, die gezet was en al wat ouder, vond het verstandiger om zijn dienstmeisje naar de sheriff te sturen. De sheriff vond het beter om twee of drie stadsbewoners wakker te maken en ze haastig als hulpsheriff aan te stellen. Hij vond het geen aanlokkelijk idee om er op de plek van de ordeverstoring achter te komen dat hij in de minderheid was.

Hoe dan ook, toen de mannen bij de winkel aankwamen en op onderzoek uitgingen, troffen ze een vreemde man aan die er onguur uitzag en flink lag te snurken op de vloer van de drogisterij. Hij lag midden tussen een heleboel glas en versplinterd hout, en een beetje bloed. Ze dachten eerst dat het bloed van de vandaal zelf was, maar nadat ze hem overeind geholpen en aandachtig bekeken hadden, konden ze niet anders dan concluderen dat de man geen verwondingen had die het bloed op de vloer verklaarden. Je kunt je het tafereel vast wel voorstellen: de sheriff en zijn helpers sjorden Zeb overeind en droegen hem min of meer naar het stadhuis om hem op te sluiten – Zeb, groter dan zij, schreeuwde en protesteerde en sleepte met zijn voeten, terwijl ze door Main Street liepen en de trap naar het stadhuis opgingen en in het stadhuis de trap afgingen naar de kooi in de kelder. Het slot was roestig omdat het zelden gebruikt werd en de mannen waren uitgeput. Niemand wilde de nacht bij de gevangene doorbrengen, dus de arme sheriff had geen keus. Een echte misdaad was niet in de voorwaarden opgenomen toen hij zich vijftien jaar geleden verkiesbaar stelde. Het was niet eerlijk – uitrukken midden in de nacht, een weerzinwekkende vreemdeling die midden tussen de vernielingen lag te slapen, geheimzinnige bloedvlekken – wie dachten de stadsbewoners wel dat ze verkozen hadden? Die vent van een Sherlock Holmes of zo?

Intussen lag de bron van die geheimzinnige bloedvlekken uitgeteld op de vloer van de dichtstbijzijnde schuur, en spoot dieprode stromen. Vile had de zoom van haar niet al te schone rok afgescheurd en deed haar uiterste best om de vloed te stelpen. Inmiddels was de halve stad wakker geworden en de straat opgegaan, om uit te vinden wat al die heisa betekende.

Vile, die dacht dat ik er bijna geweest was en mijn leven wilde redden, stopte met het schoonvegen van mijn schedel, rende Main Street op, klampte de eerste de beste persoon aan die ze tegenkwam en nam hem mee naar de plek waar ik lag. Je denkt vast dat ik dit verzin, maar de man die ze meetrok, was niemand minder dan meneer Earl Weston.

Ik kan je verzekeren dat dit een gelukkig toeval was. Toen hij mijn haast levenloze lichaam helemaal door West Hill Road en School Street naar de pastorie gedragen had, zat hij onder het bloed en hijgde als een postpaard. Maar hij voelde zich een held uit de Burgeroorlog die zijn gewonde kameraad in veiligheid had gebracht. Hij had zelden meer zo ver gelopen sinds hij een lange broek was gaan dragen en hij had nog nooit een bloedend kind in de armen van de radeloze moeder afgeleverd. Ma zei tegen hem dat hij een geschenk uit de hemel was, en hij geloofde haar. Daarna kon hij geen hekel meer aan me hebben. Het is moeilijk om iemand hardvochtig te bejegenen als je denkt dat God je persoonlijk uitgekozen heeft om zijn leven te redden. Meneer Weston was niet van plan zijn reputatie als plaatselijke held en engel van God op het spel te zetten door volledige genoegdoening te eisen als ik eenmaal weer op twee benen door het leven zou gaan.

Hij legde me op de slaapbank in de keuken en dokter Blake werd ontboden. Ik herinner me vaag dat dokter Blake glas uit mijn schedel peuterde met een lange pincet, maar ik viel steeds flauw, dus ik kan je tot op de dag van vandaag niet vertellen of pa, toen hij thuiskwam en me zag liggen, huilde omdat ik gevonden was.

Eerst leek het allemaal mee te vallen. Dokter Blake haalde al het glas uit mijn schedel en hechtte de hoofdhuid. Mijn schedel bleek – zoals Beth altijd al gedacht had – erg hard te zijn en was niet gebarsten door de klap. Ik zou waarschijnlijk de komende paar dagen hoofdpijn hebben, verklaarde dokter Blake, maar het zou beslist allemaal goed komen. Ze hadden geen rekening gehouden met een infectie. De koorts liep heel hoog op en ik was helemaal van de wereld. Al met al was ik de volgende vijf dagen nauwelijks bij bewustzijn. Soms merkte ik dat iemand, meestal ma, mijn voorhoofd afveegde met een koude doek of bouillon in mijn mond lepelde. Willie kwam langs, maar hij mocht niet bij me. Wat ik me het best herinner, is Elliot die zich over me heen boog, me voorzichtig beklopte met een natte lap en zacht zong: 'Zoue wij ook eemaa kome waa de levesoom onsping?'

Dat gaf me, meer dan al het andere, het gevoel dat ik zou sterven. De gedachte dat ik ging sterven, of ik nu wel of niet een van de uitverkorenen was die zich verzamelden bij de levensstroom, was gewoon te afschuwelijk. Ik besloot onmiddellijk dat ik ze er allemaal in zou laten lopen en beter zou worden. Dat was de laatste keer dat er de hele nacht iemand naast de slaapbank moest zitten, om ervoor te zorgen dat ik niet alleen was als ik zou sterven.

Zo gauw de dokter verklaard had dat ik weer bij mijn volle verstand was, kwam de sheriff bij me op bezoek. Hij was heel rustig en beleefd, zoals het hoort als je bij iemand bent die voor de poorten van het dodenrijk gestaan heeft. Hij verontschuldigde zich nederig, maar hij moest me toch echt een paar vragen stellen over de misdadiger die momenteel opgesloten was in de gevangenis in het stadhuis. 'Was hij degene die je dit aangedaan heeft?' vroeg hij en gebaarde met zijn hand naar mijn hoofd dat in het verband zat.

'Ja, meneer,' zei ik zwakjes. Het zou niet fatsoenlijk zijn geweest, gezien de omstandigheden, om al te gezond te klinken.

'En dit' – hij haalde een opgevouwen papier uit zijn zak en onthulde mijn vergeefse poging om mijn briljante plan in werking te stellen – 'is dit jouw handschrift?'

Dat moest ik toegeven, hoewel ik me er eigenlijk voor schaamde. Wat een kinderachtig idee was het geweest.

'Dank je, Robbie,' zei hij en neeg beleefd zijn hoofd. 'Ik zal je niet langer lastigvallen. Zorg nu maar dat je gauw weer op de been bent, begrepen?'

'Dank u wel, meneer,' zei ik. Ik was nog een beetje suffig en vroeg me af hoe dat stomme losgeldbriefje bij de sheriff terechtgekomen was.

Daar zou ik snel genoeg achterkomen. Die nacht lag ik rustig te slapen, koortsvrij en voor het eerst in dagen vrijwel pijnvrij, maar ik werd wakker gemaakt door iemand die me ruw heen en weer schudde en door een vertrouwd schor gefluister. 'Ed, Ed, wakker worde. 'k Mot met je prate.'

Daar had je Vile, met een paars met groen oog; ze boog zich over de slaapbank. Ik moet bekennen dat de stank die om haar heen hing, hier in de keuken van de pastorie nog doordringender leek dan buiten.

'Vile,' zei ik, en probeerde op mijn ellebogen overeind te komen. 'Wat doe jij hier?' In het gedempte licht zag ik haar gezicht betrekken.

''k Weet wel da'k hier niet mag kome, maar wat ken ik anders doen?' Haar gefluister klonk schel en vertwijfeld. 'Ze hebbe va. Morge wordt-ie naar Tyler gebracht.' Ze maakte een geluid dat ik een snik genoemd zou hebben als het van iemand anders afkomstig geweest was. 'Ze – ze gaan hem vast ophange.'

'Maak je geen zorgen, Vile. Ze hangen geen mensen op die een winkel kort en klein geslagen hebben.'

''t Gaat niet om de winkel, Ed. Ze hebbe in hun kop dat hij jou ontvoerd heb en toen geprobeerd heb je te vermoorde.'

'Waarom zouden ze dat denken?' Je vraagt jezelf waarschijnlijk af waarom een jongen die zo slim is als ik zo onnozel deed, maar denk eraan, ik had een hoofdwond én ik had hoge koorts gehad. Mijn arme hoofd werkte op dat moment niet echt als een geoliede machine.

'De lusgeldbrief,' zei ze met gefronste wenkbrauwen. 'Weet je nog? Va heb hem in z'n zak gestoke. Toen vonde ze jou met je kapotte kop.' Ze zuchtte. ''t Ziet er niet goed uit. Maar ik snap het wel van hun.'

'O,' zei ik. Ik liet me op het kussen zakken en dacht aan het bezoek van de sheriff. Om eerlijk te zijn, ik wist dat ik waarschijnlijk geen traan zou laten als de rechter besloot Zeb levenslang te geven, maar ophangen – zelfs met mijn maispuddingachtige hoofd kon ik niet blij zijn als er iemand aan de galg gehangen zou worden. Daar kan ik niets aan doen. Pa heeft me zo weekhartig gemaakt.

Ik denk dat Vile er zenuwachtig van werd dat ik daar lag zonder iets te zeggen. Ze begon van haar ene been op het andere te springen. 'Ed, *alsjeblief*, je mot iets doen. Je weet dat hij je niet ontvoerd heb.'

'Hij heeft me anders een beste knal op m'n hoofd gegeven,' zei ik.

'Dat weet ik, en dat had hij niet motte doen, maar jij heb 'm ook uitgedaagd, Ed. Het was ook jouw schuld, want je gong je d'ermee bemoeie.'

Mijn sympathie stroomde weg als een stortbui in het voorjaar. Ik 'gong me d'ermee bemoeie' om haar stinkende hachje te redden! 'Ook al heeft hij me niet ontvoerd, hij heeft me wel aangevallen en lichamelijk letsel toegebracht,' zei ik stijfjes. Ze deed haar mond open om te protesteren. 'Hij had ons allebei wel kunnen vermoorden, Vile. Dat weet je best.'

'Dan had-ie het niet so bedoeld.' Ze voerde een pleidooi voor haar vader. 'Hij zou achteraf so veel spijt hebbe gehad als een... een... so veel spijt als iemand kan hebbe. Echt waar.'

'Achteráf? Voor jou en mij zou er geen achteraf meer geweest zijn, of hij het nu zo bedoelde of niet. Zijn spijt zou evenveel waard geweest zijn als een ijsblokje in het hellevuur, als we dood waren en onder de zoden lagen.'

'O, Ed, alsjeblief. *Alsjeblief.* Doe het voor je ouwe maatje Vile. Va is alles wat ik heb, Ed.'

Opeens irriteerde het me mateloos dat ze me Ed noemde. Ik weet het. Ik weet het. Het slaat nergens op. Wie was ermee begonnen? Wie had hen willen laten geloven dat ik Fred heette? Maar ik had genoeg van Fred en Ed en Zeb en dat afschuwelijke huisje dat naar bedorven kippenkop rook en naar visseningewanden en naar dat verwenste mensenzweet. Ik had er zelfs genoeg van dat ik me zorgen moest maken om Vile.

Ik schaam me dat ik het moet zeggen, maar ik deed mijn ogen dicht in de hoop dat ze de hint zou opmerken en weg zou gaan. Voordat je te hard over me oordeelt – bedenk maar eens hoeveel glas er uit mijn schedel gepeuterd was, hoe hoog de koorts geweest was.

'Ed?' zei ze zacht. 'Alsjeblief, Ed, voor het te laat...'

Ik deed mijn ogen weer open. Ze zag er zo zielig uit met dat kleurige oog. Wat moest er van haar terechtkomen? Waar moest ze naartoe? Terug naar dat lege huisje waar niets te eten was en waar de lucifers bijna op waren? Voordat ik iets kon zeggen, klonk er geluid op de trap. Ze schrok op, schichtig als een hert. 'Alsjeblief,' zei ze nog een keer, voordat ze snel de deur uitging.

Pa kwam de keuken binnen. Hij trok de deken op tot aan mijn kin. 'Ben je wakker, Robbie?' vroeg hij zacht. Ik hield mijn ogen dicht, terwijl ik probeerde te verzinnen wat ik zou antwoorden.

'Praat je weer in je slaap?' Hij voelde aan mijn voorhoofd, leek er tevreden mee dat de koorts niet teruggekomen was en liep op zijn tenen de keuken uit en de trap op.

Je zou verwachten dat iemand met een bezwaard geweten niet zou kunnen slapen, maar voordat ik het wist, stroomde het licht al door de ramen naar binnen en was ma bezig het keukenvuur op te stoken voor het ontbijt. Ik ging langzaam rechtop zitten om mijn hoofd te ontzien. Ma is een mooie vrouw, zelfs van de achterkant. Ze heeft lang, kastanjebruin haar dat ze in een grote knot boven op haar hoofd draagt. Maar ze heeft altijd haast, dus de kleine, krullerige haartjes ontsnappen en vormen een soort halo om haar gezicht. Ik heb haar krullen, maar mijn haar is meer rood dan kastanjebruin. Ze zegt dat ik het van mijn Schotse grootvader geërfd heb, maar van mij had hij het mogen houden. In de moderne Verenigde Staten van Amerika zijn rode krullen misschien leuk bij kleine meisjes zoals Letty, maar bij een jongen staan ze verwijfd.

Ma stond over het fornuis gebogen en stopte er een stuk hout in, keurig gehakt en gespleten door pa. Haar schort was vastgemaakt met een scheve strik, midden op haar rug. Daaronder droeg ze een grijze jurk; als ze vooroverboog kon je net de bovenkant van haar hoge schoenen zien. Ik begreep waarom pa verliefd op haar geworden was. Ze moet een schoonheid geweest zijn toen ze jong was.

Ik denk dat ze voelde dat ik naar haar keek, want ze draaide zich om en glimlachte. Geen andere vrouw ter wereld heeft zo'n glimlach. Ze zou er de grootste mopperkont mee kunnen betoveren. 'Je voelt je vast iets beter,' zei ze. Ze liep naar me toe en gaf me een kus op mijn voorhoofd. Gewoonlijk zou een jongen van bijna elf niet blij zijn met een kus van zijn moeder, maar ik wist dat ze het niet verkeerd bedoelde. Het was haar manier om mijn temperatuur op te nemen. Ik ging weer liggen en liet haar de deken optrekken. 'Havermout vanochtend?' vroeg ze, zo vriendelijk dat ik de tranen in mijn ogen voelde springen. Ik trok de deken nog een stukje op om mijn gezicht te verbergen. 'Ik kan ook pannenkoeken bakken, als je daar zin in hebt.'

Pannenkoeken als ontbijt! Ze verwende me. Ik duwde de deken van mijn gezicht af. 'Ja, graag,' zei ik.

Ze lachte, een geluid dat zo prettig was als het geluid van een heremietlijster. Op dat moment daagde het me dat mijn ziekte me veranderd had in strooppudding. Dat mocht ik niet laten gebeuren. Maar telkens als ik probeerde niet aan thuis te denken en aan hoe blij ik was dat ik thuis was, zwierven mijn gedachten naar Vile, die geen thuis had. Hoe redde ze het in haar eentje? Ik probeerde mezelf voor te houden dat ze beter af was zonder die oude schurk, maar dat zij dat gewoon niet in de gaten had. Wat at ze nu? Waarom had ik haar niet een hand vol Vermontse crackers laten pakken? De heerlijke geur van pannenkoeken op de kookplaat en worst in de pan deed me met nog meer wroeging denken aan de misselijkmakende soep die waarschijnlijk haar enige voedsel was vandaag.

Vandaag? Ik ging zo snel rechtop zitten dat mijn hoofd tolde. 'Ma!'

Ma draaide zich om bij het fornuis en keek aandachtig naar me. 'Wat is er, Robbie? Wat is er aan de hand?'

'Niks.' Ik schudde voorzichtig mijn hoofd, om mijn hoofdpijn niet nog erger te maken. Vandaag moest Zeb terechtstaan. *Voor ontvoering en poging tot moord.* Dat niet alleen, zei ik tegen mezelf. Hij had Wolcott's Drugstore toch grotendeels geruïneerd? Ik voelde aan het verband om mijn hoofd. Mijn arme hoofd. En ik was toch bijna doodgegaan?

Ik ging behoedzaam liggen. Die schoft mocht hangen, of liever: wegrotten in de gevangenis. Wat kon mij het schelen? Hij verdiende het, die oude dronkenlap. Vile zou beter af zijn als ze hem nooit meer zou zien.

Maar wat zou er met haar gebeuren? Waar kon ze naartoe? Er bestonden weeshuizen. Die mogelijkheid verwierp ik meteen toen me scènes uit *Oliver Twist* te binnen schoten. Er bestonden aardige weduwen, zoals in *Huckleberry Finn.* Ik probeerde me Vile voor te stellen bij iemand als tante Millie. Ze zouden binnen een week gek van elkaar worden. Ik giechelde.

Ma draaide zich opnieuw om en keek een beetje bevreemd naar me, maar toen ik alleen maar glimlachte en mijn schouders ophaalde, draaide ze zich weer naar het fornuis. Ma is te beschaafd om nieuwsgierige vragen te stellen.

Pa zou wel weten wat we met Vile aan moesten. Ik moest hem over haar vertellen. Dan zou hij een goed plan verzinnen. Zou Vile niet gelukkiger zijn in een warm huis, waar ze verzekerd was van drie maaltijden per dag, dan in een ingestorte hut waar het zelfs in juli ijskoud was?

De andere gezinsleden begonnen binnen te druppelen. Kennelijk hadden ze in de zitkamer gegeten toen ik ziek was, zodat ze me niet hoefden te storen. Beth wierp een blik op de pannenkoeken, keek toen met een schuin oog naar mij en snoof zacht, voordat ze Letty bij de deur tegenhield om haar een schort voor te doen.

'Pannekoe voo onbijt!' gilde Elliot en klapte in zijn handen. Pa tikte hem op de schouder en knikte naar mij.

'Het lijkt erop dat je moeder het gemeste kalf geslacht heeft, op een woensdag nog wel.'

Ik wist wat het 'gemeste kalf' betekende. Als de verloren zoon thuiskomt, nadat hij al het geld van zijn vader verbrast heeft, geeft zijn vader hem niet de wind van voren, maar laat in plaats daarvan een feestmaal klaarmaken. Ik wist niet goed wat ik ervan moest denken dat pa me met de verloren zoon vergeleek.

Toen ma zei dat het ontbijt klaar was, ging ik rechtop zitten en zette mijn voeten op de grond. Pa hield me tegen. 'Je mag je pannenkoeken daar eten, Robbie. De dokter zei dat je de eerste paar dagen nog niet mag rondlopen.' Ik ging weer liggen. Mijn hoofd bonsde. Ma stuurde Letty naar de zitkamer om een paar kussens te halen. Toen hielp pa me omhoog, zodat ik mijn ontbijt van een dienblad kon eten.

Aan tafel bad pa voor het eten en dankte God dat ik vooruitging in gezondheid en kracht. Iedereen viel aan, behalve ma, die me als een moederhavik in de gaten hield. 'Kleine happen, Robbie. Je moet langzaam eten. Je hebt een week lang geen vast voedsel gehad.' Ik had mijn mond volgepropt met worst en pannenkoeken met veel stroop. Ik kon alleen maar knikken. 'Kléine happen, Robbie, en goed kauwen.'

'Hij redt zich wel, moeder,' zei pa. 'Ga nu zelf ook maar even zitten en neem een pannenkoek.' Ze keek bedenkelijk, maar toen zette ze nog een bord met pannenkoeken op de tafel, nam er een en ging zitten.

Ik voelde me eenzaam, toen ik naar hen lag te kijken. Ze zaten met zijn vijven rond de tafel te eten en te praten en ik lag aan de andere kant van de keuken op de slaapbank, met mijn eigen dienblad. Misschien klinkt het vreemd, maar ik voelde me op dat moment even ver van hen verwijderd als toen ik in het huisje was.

Nu en dan keek ma over de tafel naar me en glimlachte, alsof ze wilde vragen hoe het ging. Maar daardoor voelde ik me nog eenzamer, alsof ik helemaal niet bij hen hoorde. Mijn melancholie begon net in zelfmedelijden te veranderen, toen Beth zei: 'Ik heb gehoord dat ze die man vandaag naar Tyler brengen.'

Er ging een rilling door me heen. Ik wilde er niet aan herinnerd worden.

'Welke man?' vroeg Letty.

'Die sleche man die Robbie gestole heef,' antwoordde Elliot, die trots was dat hij degene was die het antwoord wist.

Mijn maag maakte een salto. Ik greep de po en deponeerde mijn hele ontbijt erin.

13 Het onmogelijke gebeurt

'Robbie!' Pa en ma stonden allebei in een wip naast me. 'O, het is allemaal mijn schuld,' jammerde ma. 'Waarom heb ik hem ook worst gegeven?'

'Het geeft niet, moeder.' Pa veegde mijn gezicht af met zijn grote witte zakdoek.

Hij stopte hem weer in zijn zak, glimlachte laconiek en pakte de po, die ik tussen mijn handen vastklemde. 'Heb je deze nog nodig?'

Ik schudde mijn hoofd en leunde tegen de kussens.

'Dat stinkt!' protesteerde Letty.

'Ik neem het al mee,' zei pa en bracht wijlen mijn ontbijt naar het secreet.

'Neem me niet kwalijk,' zei Beth nuffig. 'Maar ik heb geen trek meer.'

'Robbie dee he nie expes. Nee, hè, Robbie?' Elliot boog zich bezorgd over me heen.

'Nee, Robbie deed het niet met opzet,' zei ma. Ze keek naar mijn gezicht, niet naar dat van Elliot terwijl ze tegen hem sprak. 'Ga nu maar weer aan tafel.'

De meisjes gingen al snel de keuken uit. Ik bleef achter met ma, die er nog steeds bezorgd en schuldig uitzag, en Elliot, die de pannenkoeken van de borden van de meisjes pakte en opat.

Pa bracht de schoongeschrobde po terug en zette hem naast de slaapbank.

'Pa,' begon ik, niet wetend hoe ik moest zeggen wat ik wilde zeggen.

'Ja, Robbie?'

'De… de man die ze opgepakt hebben, heeft een meisje, een dochter. Zorgt er iemand voor haar nu… u weet wel… nu…'

Pa ging op de rand van de slaapbank zitten en glimlachte alsof ik iets aardigs gezegd had. 'We zullen uiteraard voor haar zorgen als we haar vinden, maar op dit moment weet niemand waar ze is.'

'Volgens mij… nou, ze waren in dat oude, verlaten huisje…'

'Ja, dat zei de man ook. Maar Willie en ik hebben daar gezocht –'

'Zij kan er niks aan doen. Ze kan er niks aan doen dat hij haar vader is.'

'Nee.' Voorzichtig trok hij de zitkamerkussens onder mijn rug vandaan. 'Nee. Daar kan zij niets aan doen.' Hij klopte me op mijn schouder. 'Ga jij nu maar liggen en rust lekker uit. Pieker maar niet over dat meisje. Ik zal navraag naar haar doen. Weet je hoe ze heet?'

'Vile,' zei ik. Het was fijn om weer plat te liggen.

'Vile?'

'Van Violet. Violet Finch.'

Ik probeerde me voor te stellen dat pa de heuvel weer opging, als de goede herder die op zoek was naar het verloren schaap. En dat hij Vile vond, in elkaar gekropen in het huisje, bang en alleen, en haar overhaalde om met hem mee naar huis te gaan en dat hij haar vieze handje in zijn grote, sterke, schone hand nam… Het werkte niet. En door steeds aan Viles redding te denken, had ik mezelf opnieuw hoofdpijn bezorgd. Halverwege de ochtend kwam pa alleen thuis.

'Ik ben weer bij het huisje geweest. Ik ben bang dat ze weg is – gevlogen. Niets duidt erop dat er de laatste dagen iemand gewoond heeft.'

Die nacht kon ik niet goed slapen. Waarom zou ik me verantwoordelijk moeten voelen voor Vile? Ik hoefde toch niet op haar te passen? Dat zou ze niet eens willen. Ik was zelf bijna vermoord toen ik probeerde haar leven te redden en was ze me daar dankbaar voor geweest? Het was duidelijk dat ze niet wilde dat ik of iemand anders haar probeerde te helpen. Ik draaide me op mijn andere zij en voelde een pijnscheut door mijn hoofd gaan. Ze was hier midden in de nacht gekomen om mijn hulp te vragen… Maar ik was niet bij mijn volle verstand toen ze me zo zielig om hulp gesmeekt had en ze was weg gespurt toen ze pa had horen aankomen. Ik had niet echt de kans gehad om iets te zeggen of te doen.

Ik draaide me opnieuw om. Ik heb vast hardop gekreund, want het duurde maar even of pa kwam naast me zitten en legde een koud kompres op mijn voorhoofd.

'Stt... Stt. Kalm maar, Robbie. Probeer stil te blijven liggen, dan verdwijnt de pijn wel.'

Zijn hand lag warm en troostend op mijn hoofd. Ik wilde zijn hand pakken en vasthouden, maar dat leek een kinderachtig – een Elliotachtig – gebaar. Ik hield mijn armen stijf langs mijn lichaam.

Na een poosje boog hij voorover en gaf me een kus op mijn voorhoofd, net als ma zou hebben gedaan. 'Denk je dat je weer in slaap kunt komen?'

Ik wilde hem smeken om bij me te blijven. In plaats daarvan zei ik: 'Ja, pa,' en hij ging zachtjes weer naar boven.

Eindelijk werd het ochtend. Pa was even vroeg beneden als ma en had zijn zondagse pak aan. 'Ik neem alleen wat brood en thee,' zei hij tegen haar. 'Anders kom ik te laat.' Hij kwam bij de slaapbank staan voordat hij wegging, maar ik deed alsof ik sliep. Hij was weg voor ik besefte dat het belangrijk was dat ik wist waar hij naartoe ging.

Voorzichtig kwam ik op mijn ellebogen omhoog; ik probeerde plotselinge bewegingen te vermijden, want daarvan ging mijn hoofd zo galmen. 'Waar gaat pa heen?' vroeg ik.

'O, Robbie. Ik hoopte dat je nog sliep.'

'Pa. Waar moet hij heen?'

'Hij moet de vroege trein halen,' zei ma.

'Ligt er iemand in het ziekenhuis?' Op de een of andere manier heb je als je zelf ziek bent, de neiging om te vergeten dat er ook andere mensen zijn die iets naars overkomt. Ik was vergeten dat pa gemeenteleden had die aandacht vroegen.

'Nee. Er is niemand ziek. Ze hebben hem opgeroepen om te getuigen.'

'Getuigen?' Er flitste een beeld door mijn hoofd van een grote gebedsbijeenkomst in de stad, waarbij pa, net als ouderling Slaughter, zou gaan staan en mededelingen zou doen over wat God allemaal van plan was. 'Getuigen in Tyler?'

'Over de ontvoering,' zei ze vriendelijk. 'Dokter Blake zei dat jij nog niet fit genoeg bent om zelf getuige te zijn, daarom hebben ze je vader opgeroepen.'

'O.' Ik ging langzaam weer liggen. Ik moest nadenken. Zelfs pa dacht dat Zeb me ontvoerd had. Nou ja, die landloper had me bijna vermoord. Wat was het verschil? *Gij zult geen vals getuigenis spreken.*

Ik redeneerde dat pa niet wist dat het vals was. Hij zou alleen maar zeggen wat volgens hem de waarheid was. Maar ik wist wel beter. En Vile, waar ze ook was, wist ook beter. Ze zou het me nooit vergeven als haar pa, door toedoen van mijn pa, in de gevangenis zou belanden vanwege ontvoering. Waarom had ik pa niet de waarheid verteld? Ik slaakte een lange zucht, als een trein die op het station aankomt.

'Voel je je wel goed, Robbie?' vroeg ma.

'Jawel,' zei ik, met een stem die in mijn keel bleef steken.

Ik keek naar de rest van mijn familie, die havermout at; mijn hoofd tolde, ook al lag ik plat op mijn rug. Zou ik er de oorzaak van worden dat mijn vader loog in de rechtbank, nadat hij zijn hand op de Bijbel gelegd had en gezworen had dat hij de waarheid zou vertellen? *Hij weet niet wat wel of niet de waarheid is.* Er klonk een stem in mijn hoofd die zo krachtig was dat hij evengoed vanaf de berg Sinaï geklonken kon hebben. *Maar jij weet de waarheid, en jij laat hem een vals getuigenis spreken.*

Het lukte me om een klein beetje havermout door te slikken, met een heleboel ahornsuiker en room.

'Vind je het goed als de meisjes en ik vanochtend naar de naaikring gaan, Robbie? We zijn vorige week niet geweest –'

Ineens leek het alsof God de weg vrijmaakte. 'Natuurlijk,' zei ik. 'Ik denk dat ik vanochtend een dutje ga doen.'

'Als er iets is, stuur je Elliot maar, goed?'

Ik wachtte tot ik zeker wist dat ma en de meisjes uit het zicht waren. Elliot was op de veranda. Ma had tegen hem gezegd dat hij daar moest blijven voor het geval ik hem nodig had. Het klonk alsof hij met aankleedpoppen speelde, dat hoorde ik aan de manier

waarop zijn stem van hoog naar laag ging en weer terug. 'Elliot!' riep
ik.

Hij reageerde onmiddellijk en rende op zijn scheve manier naar
de slaapbank. 'Wa's aan de han, Robbie? Moe ik ma hale?'

'Nee. Iets anders. Wil je naar boven gaan en mijn zondagse kleren
en pet en schoenen en kousen ophalen?'

'Waaom, Robbie?'

'Ik moet me aankleden. Pa heeft problemen en ik moet hem helpen.'

'Heef pa pobleme?' De gedachte was onvoorstelbaar. Zijn ogen
werden zo groot als klaprozen en zijn mond stond wijd open.

'Maak je geen zorgen. Alles komt goed. Ik moet me gewoon aankleden.' Hij bleef doodstil staan. 'Alsjeblieft, Elliot. Schiet een beetje
op en haal mijn spullen. Nu!'

Hij maakte een sprongetje bij het laatste woord en gehoorzaamde
toen gauw.

Ik kwam heel langzaam overeind en liep nog langzamer naar de
gootsteen. Ik draaide de kraan open, ving een beetje water op in mijn
handen en wreef ermee over mijn gezicht. Al snel moest ik me met
beide handen vasthouden aan de rand van de gootsteen. Ik klampte
me eraan vast tot de keuken niet meer om me heen draaide. Sinds ik
gewond geraakt was, was ik alleen maar uit bed gekomen om de po
naast de slaapbank te gebruiken. Het was iets heel anders om over de
keukenvloer naar de gootsteen te lopen. Ik ging op de dichtstbijzijnde
stoel zitten tot mijn hoofd weer tot rust gekomen was.

'Alles goe, Robbie?'

'Ja, hoor,' zei ik en drukte mijn lippen stevig op elkaar. 'Leg de kleren maar op het bed, Elliot. Dat is alles.'

'Nie eens "Dan je we, Elliot"?'

'O, tuurlijk. Dank je wel, Elliot.' Achter me hoorde ik een grom
van plezier. 'Ga nu maar naar de veranda om verder te spelen – of
wat je ook aan het doen was.'

'Ik wi je helpe, Robbie.'

'Nee, het gaat wel. Toch bedankt.'

'Ik wi je helpe om pa te helpe. Ma da?'

'Nee, Elliot.' Het zou al lastig genoeg zijn om dit in mijn eentje klaar te spelen. Hoe zou ik het voor elkaar moeten krijgen als ik ook voor Elliot moest zorgen? Hij was bij mijn stoel komen staan en hield zijn gezicht vlak voor het mijne.

'Asjeblief.' Hij zag eruit alsof hij elk moment in tranen kon uitbarsten.

Ik boog achterover, bij zijn gezicht vandaan. 'O, ja, er is nog iets anders wat je kunt doen.'

'Wa, Robbie?'

'Mijn spaarpot van de kast pakken. We hebben geld nodig.'

Bij het woord 'we' grijnsde hij, hotste naar de trap en denderde naar de tweede verdieping. Ik moest snel iets verzinnen, een manier om hem bezig te houden terwijl ik deed wat gedaan moest worden. Ondanks zijn onhandigheid was hij al terug toen ik om de tafel heen gelopen was en op de slaapbank ging zitten.

'Luister goed' – ik begon op fluistertoon en ging steeds een beetje harder praten – 'jouw taak… het is jouw taak om naar het warenhuis te gaan –'

'Alleen?'

'Ja,' zei ik. 'We moeten eerst even apart gaan.'

'Wa moe ik doen inne winke?'

'Je moet… eh… wachten. Voor als, voor als ze komen.'

'Wie kome?'

'De… de slechte mannen,' flapte ik eruit. Ik keek hem aandachtig aan om te zien of ik hem had laten schrikken. Dat was niet mijn bedoeling.

'Die sleche man is in Tyle.'

'Nou, een van de mannen – de slechtste. Maar hij heeft ook een paar slechte vrienden. Dat zijn degenen die we te pakken moeten krijgen voor pa.'

'O.' Hij aarzelde en rechtte toen zijn afgezakte schouders een beetje; het leek net alsof hij iets rechter op stond. ''ké,' zei hij. 'Hoe zie ze erui?'

Ik moest snel denken. Mijn doel was Elliot veilig op de veranda van het warenhuis te houden, in ieder geval tot het etenstijd was. Ik wilde hem beslist niet bang maken, dus bedacht ik het meest onwaarschijnlijke scenario van de wereld. 'Ze rijden in een automobiel,' zei ik.

'Wa?'

'Je weet wel, Elliot. Ik heb je erover verteld. Het zijn net rijtuigjes, maar ze hebben geen paard nodig.'

'Hoe rije ze?'

'Tovenarij,' zei ik.

'O.' Die verklaring was afdoende. 'Wa moe ik doe als ze kome?'

Ik wilde zo snel mogelijk van hem af, dus zei ik het eerste wat me te binnen schoot. 'Pak ze.'

Hij knikte gewichtig. ''ké, Robbie.'

'Hier,' zei ik en schudde twee penny's in zijn hand. 'Koop een paar kaneelballen voor jezelf om op te zuigen terwijl je wacht.'

'Dan je, Robbie. Je ben goeie boer.' Volgens mij had hij me omhelsd als ik niet weggedoken was. 'Waaom moe jíj hejemaa aakleje?'

'Ik moet me aankleden voor als ze, je weet wel, voor als ze hier komen.'

Hij leek helemaal in de war, dus ik begon sneller te praten. 'Kijk, als jij de slechte kerels vangt voor pa – sjonge, wat zal hij trots zijn, hij zal je een echte held vinden – als jij ze gevangen hebt, moet je ze hiernaartoe brengen zodat ik ze kan zien, om zeker te weten dat zij degenen zijn die die andere vent geholpen hebben – die vent die ze naar Tyler hebben gebracht.'

Hij knikte ernstig met zijn grote hoofd. Ik was opgelucht dat hij niet slim genoeg was om me te vragen hoe hij ervoor moest zorgen dat ze naar de pastorie kwamen. 'Stel je voor dat die boeven me hier in mijn nachthemd zien liggen.'

Elliot giechelde.

'Hé! Ga nu maar.'

Ik moest twee keer gaan zitten voordat ik mijn kousen aangetrokken en mijn stomme korte broek vastgegespt had. Wat zou ik blij zijn als ma zou toegeven dat ik mans genoeg ben om op zondag een lange broek te dragen. Toen ik bukte om de veters van mijn schoenen te strikken, tolde mijn hoofd zo erg dat ik mijn voet op de slaapbank moest leggen om de klus te klaren.

Het aankleden had me uitgeput, maar ik kon nu niet kleinzerig gaan doen. Ik ging staan en bleef stilstaan tot het ronddraaien ophield. Bij de deur ving ik een glimp van mezelf op in de keukenspiegel. Dat verwenste verband. Ik probeerde mijn zondagse pet op te zetten, maar die stond boven op mijn verbonden hoofd als een konijn op een sneeuwbank. Op de veranda pakte ik pa's tuinhoed van een haak. Daar moest ik het maar mee doen.

Ik kan de verschrikkingen van die wandeling niet adequaat beschrijven. Ik probeerde net te doen alsof ik een gevangene was die, nu de Burgeroorlog was afgelopen, vrijgelaten was uit Andersonville Prison en op weg was naar huis, naar Vermont. Mijn hoofd zei tegen mijn lichaam dat het moest rennen, maar mijn arme lichaam wilde alleen maar liggen en sterven. Op de een of andere manier lukte het me om door School Street naar West Hill Road te lopen. Bij het huis van de familie Martin bleef ik een poosje stilstaan om op adem te komen, terwijl ik bad dat niemand van de dames uit de buurt thuisgebleven was van de naaikring. Dat kon er ook nog wel bij – een of andere bemoeizieke vrouw die naar buiten holde en me naar huis stuurde. Of, erger nog, Rachel Martin die me begluurde in de toestand waarin ik me bevond.

Toen ik eindelijk de steile straat was afgedaald naar Main Street, werd ik ontdekt. Het waren alleen maar een paar steenhouwers die buiten de schuren stonden te roken. Ze keken naar me, vooral naar mijn vreemde hoofddeksel, maar ik wist dat ze zich niet met me zouden bemoeien.

Vanaf hier was het zestien kilometer. Toen ik jong en gezond was, deed ik er minder dan drie uur over. Op deze dag liep ik langzamer dan een gewonde veteraan in de optocht op 4 juli.

Ik probeerde er niet aan te denken hoe ver het nog was. Liepen die veteranen niet helemaal van ergens diep in het Zuiden naar huis?

Ik hield mezelf steeds voor dat ik alleen maar de ene voet voor de andere moest zetten en niet aan de afstand moest denken; gewoon de weg aflopen.

Ik bleef aan die gewonde soldaten denken. Hoe hadden ze uur na uur kunnen doormarcheren? Misschien hielp het dat ze zongen? Ik probeerde het refrein van 'John Brown's Body', maar 'wegrotten in het graf' deed me eraan denken dat ze John Brown hadden opgehangen. Het leek me geen goed idee om te zingen over een man die aan de galg geëindigd was.

Tijdens het derde couplet van 'Voorwaarts christenstrijders' hoorde ik een groot tumult. Mijn eerste gedachte was dat het allemaal in mijn hoofd gebeurde, dat er een lading van het zwarte poeder dat ze in de steenhouwerij gebruikten, ontplofte aan de binnenkant van mijn schedel. Ik pakte mijn hoofd met beide handen vast en hoopte tegen beter weten in dat ik kon voorkomen dat mijn hoofd midden op de weg naar Tyler uit elkaar zou barsten. Toen hoorde ik vlak bij mijn achterste een geluid alsof er een enorme gans achter me gakte. Pijnlijk hoofd of niet, ik maakte werkelijk waar een sprong zo hoog als een hond die een wasbeer uit de boom wil jagen.

'Ga eens aan de kant, jij dwaas joch! Wil je overreden worden?'

Het ding dat vlak achter mijn billen was gestopt, was een felrode automobiel. De automobiel die ik in Tyler gezien had, leek wel een speelgoedauto vergeleken met deze. Hij was enorm – met lantaarns, twee zwarte leren banken achter elkaar – en hij had een wiel om mee te sturen. Een man met een gezicht dat haast even rood was als de automobiel zat achter het stuurwiel. Naast hem zat een vrouw, zo knap als een engel, met een reusachtige hoed met voile erop die onder haar kin vast gestrikt was.

Ik ging geen millimeter aan de kant. Ik denk dat ik eruitzag als een idioot toen ik daar stond te staren met mijn mond nog wijder open dan een steengroeve. *Een automobiel!* Er was nog nooit een automobiel over deze weg gereden sinds die glimmende dingen uitgevonden waren. Ik kon me niet verroeren en bleef daar staan staren. Het was de prachtigste machine die ik ooit aanschouwd had; hij gromde alsof hij stond te trappelen om met een sprong weg te scheuren.

De bestuurder werd met de seconde ongeduldiger. 'Wegwezen, zei ik. Weg.'

'O, Oliver,' zei de vrouw. 'Hij is nog maar een jongen. Waarschijnlijk heeft hij nog nooit een automobiel gezien.'

Dat had ik wel, maar ik was niet van plan in discussie te gaan. Ik ging aan de kant om hen te laten passeren. 'Neem me niet kwalijk,' zei ik.

De machine begon te brullen en kwam in beweging, maar op dat moment verscheen er een gedaante achter in de auto die met beide armen zwaaide. 'Robbie, Robbie! Ik he ze gevange!'

Ik deed iets wat erg slim bleek te zijn. Ik viel flauw.

14 De verloren zoon keert terug naar zijn familie

Voor ik het wist, lag ik languit in de greppel. Drie hoofden bogen zich over me heen en hielden me uit de zon.

'Hij nie dood! Hij nie dood!' Toen ik bijkwam, hoorde ik Elliot boven het gebrul van de motor uit.

'Nee, maar hij is wel gewond.' De dame bekeek mijn verband. Ze hield pa's tuinhoed in haar hand. 'Het spijt ons verschrikkelijk,' zei ze tegen mij. 'Het was niet de bedoeling van mijn man –'

'Wat deed je ook, hier in jouw toestand alleen rond te wandelen?' vroeg de man bars. 'Waar zijn je ouders die je lieten...' Plotseling wendde hij zich tot Elliot. 'En jij, wie ben jíj? En wát deed je in mijn automobiel?' Hij keek naar Elliot, niet medelijdend zoals de meeste mensen, maar woedend. 'Jij klein... – Jij moet erin geklommen zijn toen we bij de winkel stilstonden. Ik wist wel dat we niet hadden moeten stoppen.'

'Sst, Oliver, niet nu alsjeblieft. Het kind is gewond.' Ze waaide me koelte toe met pa's hoed. 'Voel je je al iets beter?' vroeg ze.

Ik knikte. Het leek me verstandig om niet de indruk te wekken dat ik me erg goed voelde.

'Nou, overeind dan,' zei de man. 'We zullen je wel thuis moeten brengen.' Hij keek naar Elliot. 'Jullie allebei.'

Elliot keek me aan; er lag een bezorgde uitdrukking op zijn gezicht. 'Maa die sleche –' mompelde hij.

'Het is in orde, Elliot,' fluisterde ik snel. 'De slechte kerels zaten in een andere auto. Deze is goed.'

De vrouw hielp me overeind. Elliot probeerde mijn korte broek en sokken af te kloppen, maar ik duwde zijn hand weg. Ik wilde het geduld van de man niet langer op de proef stellen.

Tussen Elliot en de dame in lukte het me op de achterbank te klimmen. Elliot klauterde moeizaam na mij in de auto en wilde gehurkt tussen de banken gaan zitten. 'Het is oké, Elliot. Je mag de rest van de weg naast me op de bank zitten.'

'Waar wonen jullie, jongens?' vroeg de bestuurder, toen we allemaal in de automobiel zaten.

'Tyler,' zei ik.

Elliot gaf me een por tussen mijn ribben. 'Robbie,' fluisterde hij. 'Je liegt.'

Ik negeerde hem. 'Tyler,' zei ik iets luider.

'Allebei?'

'We zijn broers,' zei ik. Elliot grijnsde trots.

'Waar ligt Tyler in vredesnaam?' vroeg de man.

'Gewoon rechtdoor, meneer.' Ik vormde met mijn lippen het woord 'pa' voor Elliot. Hij knikte plechtig. 'Het is maar een klein stukje.' De bestuurder draaide zijn hoofd om en keek me even aan. Ik gaf geen krimp, dus reed hij behoedzaam vooruit.

De weg naar Tyler is hobbelig en stoffig, maar ik merkte er nauwelijks iets van. Ik had het gevoel dat ik een lift gekregen had in Elia's strijdwagen en rechtstreeks op de paarlen poorten af ging. Ik reed in een automobiel! Dat wilde ik zo graag meemaken voordat de wereld verging en God had ervoor gezorgd dat het gebeurde. Sterker nog, God had er niet alleen voor gezorgd dat ik een ritje kon maken, Hij was me te hulp geschoten in mijn moeilijkheden. Dominee Pelham mocht zijn witte jurken en gouden kronen en engelenkoren houden; ik was al in de hemel.

Ik greep Elliots hand. 'Niet te geloven, hè, Elliot? Jij en ik? We rijden in een echte automobiel!'

'Is da goe?'

'Het is een wonder!' schreeuwde ik boven de herrie van de motor uit. 'Echt een wonder!'

'Jippie!' riep Elliot. Toen boog hij zich naar me toe en gaf een kus op mijn hand.

En weet je? Vanaf dat moment deed ik niet langer alsof ik een apeïst was, maar monsterde aan als een ware gelovige. Wat kon ik anders? God had een wonder gedaan, speciaal voor mij.

De hoofdstraat van Leonardstown gaat aan de rand van het stadje over in Tyler Road en een kilometer of vijftien verderop in Main Street, Tyler. Toen minder dan de helft van die kilometers onder de rubberbanden door gerold was, werd onze bestuurder merkbaar ongeduldig. Volgens mij wilde hij eigenlijk naar Burlington en had hij geen idee hoe hij op dit achterafweggetje midden in de rimboe terechtgekomen was. Ik begreep niet wat er te klagen viel. We zoefden (nou ja, rammelden komt dichter bij de waarheid) over de weg met minstens vijfentwintig kilometer per uur. Van Tyler naar Burlington is het nauwelijks meer dan tachtig kilometer. Ze zouden daar voor het avondeten kunnen zijn. Maar ik hield mijn observaties voor mezelf.

Ik kan niet zeggen hoe jammer ik het vond toen we uiteindelijk in Tyler aankwamen. Het maakte niet uit dat elke steen en elke geul mijn arme hersenen tegen mijn beklagenswaardige schedel liet botsen; ik wilde voor altijd in die hemelse wagen rijden. Maar toen ik de rechtbank zag, vermande ik mezelf. De plicht riep.

'Hier is het,' zei ik. 'Dank u voor de lift.'

De bestuurder liet de wagen met een schok voor de rechtbank tot stilstand komen. Ik zag dat er mensen uit alle richtingen aan kwamen lopen om de automobiel te bekijken. Heel even kwam ik in de verleiding om te wachten, zodat ze míj op de achterbank zouden zien zitten en me zouden benijden, maar ik wist die oude duivel te weerstaan. 'Kom, Elliot,' zei ik, terwijl ik voorzichtig omlaag klom om mijn hoofd te sparen. 'Bedank de aardige dame en heer eens.'

'Dankuwè,' zei hij vriendelijk.

'Wonen jullie in de réchtbank?' De man begon opnieuw nijdig te worden, maar op dat moment zag hij alle mensen die kwamen toestromen om zijn gekoesterde voertuig aan te raken. Toen wilde hij niets liever dan zich van mij en Elliot ontdoen en zo snel mogelijk bij het gevaar vandaan rijden.

De dame zwaaide naar ons. 'Pas goed op jezelf, jongens,' riep ze, terwijl ze wegreden. We zwaaiden terug. Toen pakte ik Elliots hand en we beklommen de lange trap met granieten treden die naar de rechtbank leidde, waar mijn plicht wachtte.

Elliot deed de deur voor me open, terwijl hij bezorgd naar mijn gezicht keek: waren er aanwijzingen dat ik ging flauwvallen? Ik was zo draaierig als een tol, maar het lukte me om te glimlachen. 'Daar moeten we heen.' Ik wees naar een zware, dubbele deur die naar mijn idee zou moeten uitkomen in de rechtszaal. 'Ik denk dat pa daarbinnen is.'

Ik wist meteen wie de rechter was en wie de juryleden waren. Ik zag de achterkant van het hoofd van de arme Zeb, die voorovergebogen aan een tafel voor in de zaal zat. Er waren ongeveer dertig mensen, die op een soort kerkbanken zaten. Voordat ik pa opgespoord had, zag hij ons al achter in de grote zaal staan. Hij kwam haastig op ons af . 'Robbie, Elliot, wat doen jullie…?'

'Sst,' waarschuwde een forse man die naast de deur stond. 'Niet praten hier.'

Pa nam ons mee naar de hal. 'Wat doen jullie hier, jongens?' Hij keek me aandachtig aan. 'Je mag helemaal niet uit bed, Robbie.'

'We ware in die automobie,' zei Elliot, maar pa luisterde niet.

'Kom,' zei hij, terwijl hij me bij mijn elleboog pakte. 'Ga in elk geval zitten.' Hij bracht me naar een lange houten bank. Ik was blij dat ik me erop kon laten zakken.

'Robbie, wat heeft dit in vredesnaam –'

'Pa.' Hoe kon ik alles uitleggen? 'Ik moet getuigen.'

Hij onderbrak me niet, maar wachtte geduldig tot ik bedacht had hoe ik de woorden achter elkaar moest zetten. 'Ten eerste. Ik ben niet ontvoerd. Dus als ze hem ophangen, zou het net zijn… zou het net zijn alsof ik hem vermoord had.'

'Maar het briefje…?'

'Dat… dat was een soort… grapje.' Mijn hoofd hing bijna op mijn schoenen. 'Het was niet de bedoeling dat iemand het zou zien. Het… het was een soort vergissing dat het in Zebs zak terechtkwam.'

Hij voelde wel aan dat dit nog niet het hele verhaal was, maar hij legde zijn hand op mijn schouder om aan te geven dat ik op dat moment niet op álle bloederige details hoefde in te gaan. 'Dat bespreken we later,' zei hij. 'Het gaat er nu om wat er vandaag met meneer Finch zal gebeuren. Ik denk niet dat ze van plan zijn hem op te hangen, Robbie, maar dat maakt niet uit. Als er geen sprake was van ontvoering, moet de rechter dat weten.'

Ik keek naar zijn vriendelijke, eerlijke gezicht. Ik wed dat zelfs Abraham Lincoln niet zo'n goed en eerlijk gezicht had als mijn vader. Het probleem met zo'n gezicht is dat je de neiging krijgt je eigen slechte hart te onderzoeken, dus stortte ik het mijne bij mijn vader uit. 'De waarheid is,' zei ik, 'dat ik op de vlucht was. Nadat ik Ned Weston onder water geduwd had, werd ik bang... Pa, de waarheid is dat ik Ned Weston bijna verdronken heb. Ik was heel bang – en ik schaamde me.' Ik voelde de tranen achter mijn ogen prikken. Ik wilde niet huilen als een zwakkeling, juist nu ik mijn best deed om sterk te zijn en te doen wat goed was en fatsoenlijk.

Hij ging naast me op de bank zitten en legde zijn arm om mijn schouder. 'Bedankt dat je het me verteld hebt, Robbie. Je hebt gelijk, we moeten direct met de rechter praten.'

Toen ik met pa in een achterkamertje voor de rechter stond, wilde ik alles graag bekennen. Ik begon met de onderbroek van Mabel Cramm en hoe ik een apeïst werd en niets anders wilde dan de geneugten van het leven ervaren voordat het einde kwam. Hoe ik groenten stal van mijn eigen ouders en bezweken was voor de woede en Ned Weston bijna had verdronken.

Ongeveer op dat ogenblik onderbrak de rechter me. 'Ik hoef niet alles te weten wat je op je geweten hebt, zoon. Dat is iets tussen jou en je Schepper. Ik hoef alleen maar te weten of je ontvoerd bent door Zebulon Finch.'

'Nee, meneer.'

'Dus het briefje dat ze bij hem vonden, was een soort bedotterij?'

Het leek verstandig om daarmee in te stemmen.

'Maar hij heeft je wel aangevallen?'

'Ja, meneer, hij sloeg me, maar dat was gedeeltelijk mijn eigen schuld. Ik en Vile – Violet Finch, dat is zijn dochter – hadden zijn drank gestolen. Hij was op pad gegaan om nieuwe te halen.'

'Bij de drogist?'

'Hij drinkt graag Willerton's Digestive Remedy. U weet het misschien niet, meneer, maar Willerton's is niks anders dan pure alcohol.'

'Ik begrijp het,' zei hij en er speelde een soort glimlachje om zijn mond.

'De drank maakt hem gek en, echt waar, ik viel hem het eerst aan.'

Hij keek me nadenkend aan. 'Was jíj de aanvaller? Bedoel je dat meneer Finch jou uit zelfverdediging sloeg?' Het was duidelijk dat hij me niet geloofde.

'Kijk,' zei ik, 'ik dacht dat hij van plan was Vile – Violet – kwaad te doen, dus sprong ik op hem af. Hij sloeg gewoon terug. Hij wilde me niet echt pijn doen. Dat weet ik zeker. Het was min of meer een ongeluk.'

'Ik begrijp het.' De rechter en pa keken elkaar aan en pa knikte. De rechter riep een van de beambten en zei tegen hem dat hij Elliot en mij naar de bank in de hal moest brengen en een flesje fris voor ons moest kopen. We mochten het niet in de rechtszaal leegdrinken, maar wel op die bank, waarop we al eerder gezeten hadden.

'Ed?'

Ik liet mijn flesje fris bijna vallen. 'Vile! Waar zat je?'

'In de buurt,' zei ze. Ze staarde naar mijn flesje.

'Hier,' zei ik. 'Neem maar wat. Het is heel lekker.'

Ze nam een grote slok uit mijn flesje. Ik zag dat ze weinig zin had om het terug te geven.

'Hou het maar. Ik heb genoeg gehad.'

'Wi je mijne?' Elliot hield haar zijn flesje voor.

Ze knikte. Vile dronk beide flesjes frisdrank vrijwel in één teug leeg. 'Bedankt voor het kome,' zei ze, terwijl ze Elliot en mij de lege flesjes teruggaf. 'Ik zat daar te luistere.' Ze gebaarde met haar hoofd naar de deur van de rechtszaal. 'Volgens mijn gaan ze 'm vrijlate.'

'Fijn,' zei ik. 'Dat is fijn.'

'Wie's dat?' vroeg ze en knikte naar Elliot.

'Dat is mijn broer,' zei ik. 'Zeg eens dag tegen Violet, Elliot.'

'Hoi, Bi-let,' zei Elliot. 'Hoe ga het?'

'Heel goed,' zei Vile. 'Heel goed.' Het was de eerste keer dat ik haar echt zag glimlachen.

Mijn hoofd bonsde heel erg en ik wenste dat ik languit op de bank kon gaan liggen en gaan slapen, maar ik wilde beslist niet kleinzerig doen waar Vile bij was. Het leek jaren te duren voor de deuren opengingen en de mensen de rechtszaal uit schuifelden. De mensen die uit Leonardstown kwamen, glimlachten naar Elliot en mij, staarden Vile even aan en haastten zich naar buiten. Pa en Zeb waren zo ongeveer de laatsten die de dubbele deur uitkwamen. Zeb kwam sloffend en van zijn ene been op het andere wiebelend naar buiten en keek voortdurend omlaag.

''t Is in orde, va,' zei Vile. 'Ed verwijt je niks meer.'

'Ed?' Pa zag er verward uit.

'Het – het was een soort spelletje,' zei ik. 'Vile – Violet weet best dat mijn echte naam "Robbie" is, hè Violet?'

'Huh?' Ze keek me zeer doordringend aan. 'O, ja. Tuurlijk, Róbbie.'

'Violet,' zei pa, 'jij en je vader gaan met ons mee terug naar Leonardstown.' Hij haalde zijn horloge uit zijn zak. 'Maar we zullen moeten opschieten als we de laatste trein willen halen.'

'Robbie kannie zo goe lope,' zei Elliot.

'Wil je bij mij op de rug, zoon?'

Hoe gênant het ook was om op pa's rug te klimmen alsof ik een kind van vijf was, ik was Elliot dankbaar. Vile of geen Vile, ik kon geen stap meer zetten.

15 Het einde en het begin van een heleboel dingen

De rechtbank vertrouwde Zeb de komende drie maanden toe aan de hoede van pa. Pa zorgde ervoor dat Zeb een baan kreeg bij het Leonardstown Hotel, waar Vile en hij een kamer en drie maaltijden per dag kregen. De rechter had gezegd dat Zeb onder de hoede van pa kon blijven zolang hij elke dag naar zijn werk zou gaan en de alcohol zou laten staan. De schade aan Wolcott's Drugstore was aanzienlijk, maar meneer Wolcott ging ermee akkoord dat Zeb hem elke week een deel van zijn salaris zou geven als schadeloosstelling.

Als er al een sheriff achter Zeb aangezeten had, dan liet die zich niet zien. Toen het september werd, was Vile ermee opgehouden elk affiche dat ze tegenkwam weg te grissen. Het leek erop dat ze tijdens hun vlucht niet goed genoeg kon lezen om te begrijpen of de aanplakbiljetten verband hielden met Zeb, dus had ze ze voor de zekerheid allemaal gestolen.

Ik dacht op dat moment dat alles toch nog goed zou komen, maar zo ging het niet helemaal, en omdat ik me weer aan de Tien Geboden houd, moet ik je eerlijk vertellen hoe de dingen gegaan zijn. Ten eerste begon de school, net als altijd, weer. Voor mij was dat niet zo erg als ik gevreesd had. Ik zat opnieuw precies achter Rachel Martin. Juffrouw Bigelow besloot, ondanks het akkefietje met de slang, terug te komen. Ze was deze zomer knapper geworden. Ik was niet de enige die dat zag. Willie maakte er hardop een opmerking over. Ze was ook aardig. Juffrouw Bigelow, bedoel ik. Rachel Martin bleef me negeren.

Juffrouw Bigelow was vooral aardig voor Vile, die ze consequent

Violet noemde, en ze zorgde ervoor dat de anderen dat ook deden. Maar het hielp helemaal niets. Vile had er een hartgrondige hekel aan om naar school te gaan. Ze was zo ver achter bij alle andere elfjarigen dat ze beweerde dat het opzeggen van haar lesjes even erg was als het drinken van pure gal. Ze zei dat school erger was dan de gevangenis. 'En ik was nog wel so bang dat die arme va opgeslote zou worde en nu ben ik me vrijheid kwijt.'

Willie en ik probeerden het leven voor haar iets gemakkelijker te maken. We deden echt ons best. Zelfs pa hielp mee. Hij bood aan haar bijles te geven, maar Vile beweerde dat er iets met haar was waardoor ze allemaal galbulten zou krijgen als ze te dicht bij een dominee in de buurt kwam. Ik zei tegen haar dat dat onzin was, maar ze liet me rode vlekjes op haar armen zien en zei: 'Zie je wel!' Ik vermoedde dat het bedwantsbeten waren, maar ik besloot het erbij te laten zitten. Straks beweerde ze nog dat ze niet in een normaal bed kon slapen.

Elliot was gek op haar, maar Elliot vindt iedereen aardig. Het boeiende is dat Vile hem ook graag mocht. Soms kwam ze naar ons huis, niet om mij, maar alleen om samen met Elliot en Letty met de aankleedpoppen te spelen. Dit waren de enige keren dat ik zag dat ze zich als een gewoon meisje gedroeg.

Hoe dan ook, de eerste sneeuw viel in oktober, vlak nadat Zebs drie maanden durende voorwaardelijke vrijlating voorbij was. Zeb en Vile verdwenen de avond nadat het had gesneeuwd, op weg naar warmer oorden, denk ik. Ze kwamen oorspronkelijk uit zuidelijker streken. Hoe het ook zij, ik kreeg met Kerst een briefkaart van Vile, beschreven met vlekkerig potlood. Ze waren tot Massachusetts gekomen door van trein op trein te springen. Zeb gedroeg zich meestal goed, zei ze. Zijzelf werkte op een molen, wat ze helemaal niet erg vond, want ze hoefde in een molen geen lesjes op te zeggen. Ik moest me vooral geen zorgen maken. Ze had het eerste leesboek, dat pa haar gegeven had, tevoorschijn gehaald en gaf zichzelf les. Zag ik niet dat ze veel beter was gaan schrijven, zonder dat ze naar school geweest was? Ze spelde 'schrijven' als 'sgrijfen'. En dat was zo ongeveer het best gespelde woord op de kaart. Het kostte me meer dan een uur om te ontcijferen wat ze wilde zeggen. Het maakte me woedend dat ze niet wist wat goed voor haar was. Ze had een fijn leven kunnen hebben, hier met ons in Leonardstown, maar ze had het allemaal weggegooid.

Het maakte me ook verdrietig. Ook al was ze gelukkiger in Massachusetts, voor Willie en Elliot en mij was ze een maatje geweest. We missen haar allemaal. Nu ik weer christen ben, bid ik dat ze terug zal komen. Tot nu toe is dat niet gebeurd.

Het hele stadje was van plan op 31 december wakker te blijven om het aanbreken van de nieuwe eeuw mee te maken. Ouderling Slaughter en meneer Weston hadden al bepaald dat onze viering eenvoudig zou zijn en zou getuigen van de goede smaak die betamelijk was voor een godvrezende stad in Vermont. In tegenstelling tot de festiviteiten die aangekondigd werden in de grotere steden, zou Leonardstown geen ruw gedrag, dronkenschap of dansen op straat toelaten. (Niet dat iemand in de verleiding zou komen met winterlaarzen aan op de besneeuwde straten te gaan dansen.) Om zeven uur 's avonds zou er in het stadhuis een optreden van de fanfare zijn, gevolgd door gebedsbijeenkomsten in de verschillende kerken. Het plan was dat iedereen naderhand samen zou komen op het grasveld, om op gepaste wijze afscheid te nemen van de negentiende eeuw en de twintigste eeuw welkom te heten. Willie en ik hadden onze zakken volgepropt met slierten zevenklappers en lucifers ter ere van de gebeurtenis. Maar toen het optreden en de gebedsbijeenkomsten voorbij waren, was het nog niet eens kwart over tien en de temperatuur daalde sneller dan een wilde gans met een schot hagel in zijn lijf.

De mensen stonden buiten met hun ijskoude tenen te wiebelen en wat te mompelen. Na een poosje merkte mevrouw Weston luid op dat iedereen met een beetje gezond verstand naar huis zou gaan om de nieuwe eeuw in de gerieflijkheid van zijn eigen huis te verwelkomen. De menigte begon zich te verspreiden. Wij, de jongeren, klaagden, maar er werd niet naar ons geluisterd. Misschien had iemand lucht gekregen van de zevenklappers en was bang dat een van ons zijn broek in brand zou steken, of erger.

Als er mensen waren, behalve ik, die eraan dachten dat het bijna het einde der tijden was, dan zeiden ze dat niet hardop. Er werd zelfs tijdens de gebedsbijeenkomst niet over gesproken. Ik vroeg me af of de mensen alle opwinding over een mogelijke apocalyps, die was ontstaan toen dominee Pelham in juni in onze stad was, alweer vergeten waren, of dat ze gewoon niet te lang bij die mogelijkheid wilden stilstaan.

We gingen in de keuken van de pastorie zitten. Ma maakte warme sassafrasthee voor ons en pa pofte mais. We hadden het gezellig, tot Letty in haar stoel in slaap viel. Toen begon iedereen te gapen. Pa en ik bleken de enigen die na half twaalf onze ogen open konden houden.

'Kom mee, Robbie,' zei hij, terwijl hij op zijn horloge keek, 'dan gaan we het nieuwe jaar buiten bij de sterren begroeten.'

We trokken onze jas en laarzen aan en zetten een pet op. Pa pakte de lantaarn van de keukentafel. Samen stampten we door de sneeuw; we liepen door de achtertuin naar de rand van Websters weiland. Het was bitter koud, wat vaak het geval is als de lucht helemaal helder is. De sterren fonkelden en twinkelden, alsof ze dansten van plezier. We deden ons hoofd helemaal achterover om naar de lucht te kijken. Een vallende ster snelde langs de hemelkoepel en verdween achter de bergen.

'Pa,' zei ik, 'denkt u – denkt u dat het allemaal gauw voorbij zal zijn?'

'Wat bedoel je, Robbie?'

'De wereld. Denkt u dat die bijna vergaat?'

Hij lachte niet. 'Wij weten dat soort dingen niet, zoon. Maar ik heb het voorgevoel dat deze ouwe aarde het een stuk langer zal uithouden dan wij.' Hij zweeg een poosje. 'Ik denk zelf dat de wereld aan een soort begin bezig is.'

'Een begin?'

'Een heleboel dingen waarvan we nu niet eens kunnen dromen, zullen tijdens jouw leven gebeuren. De wereld verandert zo snel. Telefoons, elektriciteit, automobielen – wie weet? Misschien leef jij lang genoeg om vliegmachines te zien.'

Ik keek naar de sterren en probeerde me voor te stellen dat ik een vallende ster was, vliegend in een automobiel met vleugels. Niets leek onmogelijk.

'Ik bid dat het een goede eeuw zal zijn,' ging pa verder. 'Ik wil graag dat mijn kinderen en kleinkinderen opgroeien in een wereld waar de mensen geleerd hebben te denken met hun hoofd en hart, en niet met vernietigende wapens. Maar ik weet het niet, het menselijke ras is nu eenmaal...'

Ik huiverde. Hij sloeg zijn arm om me heen en trok me naar zich toe. 'Pa,' zei ik na een tijdje, 'zullen we het inluiden?' Ik wachtte tot hij 'nee' zou zeggen.

In plaats daarvan zei hij: 'Wie het laatst bij de kerk is, is een flapdrol!' Hij duwde me de lantaarn in de hand en rende de heuvel af; hij volgde zijn eigen spoor in de sneeuw terug zodat hij sneller kon. Ik ging achter hem aan. Ik hield de lantaarn hoog en stapte behoedzaam in zijn voetstappen. Hij stond op de veranda van de kerk op me te wachten, glimlachend en buiten adem. We gingen samen naar binnen.

'De klok niet laten omkieperen!' waarschuwde hij.

'Doe ik ook niet!' Alleen groentjes die niet weten hoe ze moeten luiden, trekken zo hard aan het touw dat de klok over de kop gaat. Ik pakte het touw vast. Pa zette zijn grote handen tussen de mijne en samen begonnen we te trekken.

Vanuit de toren, hoog boven ons, galmde de klok van de congregationele kerk over de vallei en er weerklonk een opgewekt welkom voor de twintigste eeuw.